图书在版编目（CIP）数据

采薇 / 曹洁著. -- 北京：中国经济出版社，2020.11

（“冰心散文奖”获奖作家散文自选集 / 周明，红孩，凌翔主编）

ISBN 978-7-5136-6369-4

Ⅰ. ①采… Ⅱ. ①曹… Ⅲ. ①散文集—中国—当代 Ⅳ. ① I267

中国版本图书馆 CIP 数据核字（2020）第 192888 号

策划编辑 崔姜薇
责任编辑 焦晓云
责任印制 马小宾
封面设计 陈 姝
封面插图 阿 秋

出版发行 中国经济出版社
印 刷 者 唐山楠萍印务有限公司
经 销 者 各地新华书店
开 本 710mm × 1000mm 1/16
印 张 13
字 数 168 千字
版 次 2020 年 11 月第 1 版
印 次 2020 年 11 月第 1 次
定 价 49.80 元
广告经营许可证 京西工商广字第 8179 号

中国经济出版社 网址 www. economyph. com 社址 北京市东城区安定门外大街 58 号 邮编 100011
本版图书如存在印装质量问题，请与本社发行中心联系调换（联系电话：010-57512564）

冰心散文奖

获奖作家散文自选集

采薇

曹洁　著

组　　稿：中国散文学会

总 主 编：周　明　红　孩

执行主编：凌　翔

中国经济出版社
CHINA ECONOMIC PUBLISHING HOUSE

·北京·

自序

“采薇采薇，薇亦作止。曰归曰归，岁亦莫止。”三千多年前，一位久戍之卒于归乡途中踽踽独行，一唱三叹。那种铭肌镂骨的家园之思，融汇在时间和生命的河水中，激起一层层辽远的回响，亘古不息。我们不是士卒，却也时时盼归家园，一个人大概从诞生的那一刻起，就开始跋涉在离开她与回归她的路途，从不停息。或许，就生命的归属意义而言，家园，是故园，是家乡，也是别地，是一个人终生追寻的精神领地。

“采薇”是一种美好而伤感的意境，隐喻着浓郁的故园之思。走过《诗经》的年代，我们依然可以把采薇看作一种人与草木之间的亲密接触。当然，从人与自然的关系而言，采薇，不只是一个随性动作，它昭示着时令季节的循环更替，表征着物候现象的依序推移，以及月露、星辰、风云、花鸟、草虫的更迭生息，也反映着万事万物的动静相宜和彼此安生，隐含着世道人情的变数与守常。世道沧桑，人间正道，就在这终结与重生的诗性交融中，接纳了所有生命细节而从不失真。

数千年过去了，风还在吹，草依然是绿色的，人似乎已走出很远。

但走出很远很远的人，依然没有走出草木的世界。万物有灵，一岁一枯荣，枯者自枯，荣者自荣，一个看不见的自洁体系，轮回着人间四季。我时常看见神的目光，隐在树林、云端、风里，默然注视，寂静观照。他给予草木父亲一样的深爱。我愿意相信，在他观照的世界里，每一个生命都有尊严，平等相待，彼此养护。

每一部作品都有尊严，人与作品也是彼此养护、气息相通的。一部作品可能诞生在某一瞬间，而真正完成的时间或许需要很长，有时是三两个月，有时甚至要放三五年。这大概要等到你对词汇、语段、构思、逻辑和思想的敏感期来临，因为那一瞬间诞生的很可能不完全是作品本身，而是一颗情绪或意念的种子，你还需要一种相宜的意境或氛围，作为它生根发芽的土壤、水汽和养分。

我始终觉得，散文不仅仅是汉字和词语的有序组合，也是意象的诗意经营，更是思想情感酝酿发酵之后的酒香四溢。相比于诗歌、小说、戏剧，散文或许是一种真正鲜活的文学样式，因为散文的词语背后始终站着鲜活的人。一篇散文的构思和完成，并非只是长久地为积累素材服务，而是随时随地敏感捕捉一种相宜的语言气息和表达腔调，并使之与你以及你笔下走出的汉字风貌基本吻合。

完美是不存在的，我所要的大概只是完整地完成。这近六十篇散文，看似独立却彼此牵系。“蝴蝶来仪”“桃之夭夭”“北堂有萱”“细雨闲花”“围炉夜话”，一篇一篇，如汉字之薇，需要充足的水分。而我所要的散文之意境、气息或气场，就是这水分，个体生命中仅有的一点点水，我愿意被它们完全吸纳。故而我之《采薇》，大概是关乎自我生命和自然物象的一些感知，它生于水畔而枝叶终将垂于水中。

任何时代，人类都遵循天道，顺应自然，观复知常，生生不息。远古的战场不在了，人类的生命场依然是生生不息的天空和大地。我和我的汉字，只是寻常可见的草木，承泽阳光、雨露、空气和养分，扎根泥土，自然生长。我愿意把这些汉字交付时光，我相信它们终将长成一片属于我的青草地。

那部借鱼说人的影片告诉人们：所有人类的灵魂都是海里一条巨大的鱼。出生的时候，从海的此岸出发，在路途中，有时相遇，有时分开；死的时候，去到海的彼岸，之后，变成一条沉睡的小鱼，等待多年后的再次出发。

你听，“曰归曰归，岁亦莫止”，古人对家园的呼唤从未停息。很多年之后，我依然愿意走在四季分明的旷野，我不是过客，我是归人。且以“采薇”名之，借以归去，抵达遥远而切近的生命故园。

是为序。

2020 年 10 月 20 日　于陕西榆林

目 录

第一辑 蝴蝶来仪

第三辑　北堂有萱

第四辑　细雨闲花

第五辑　围炉夜话

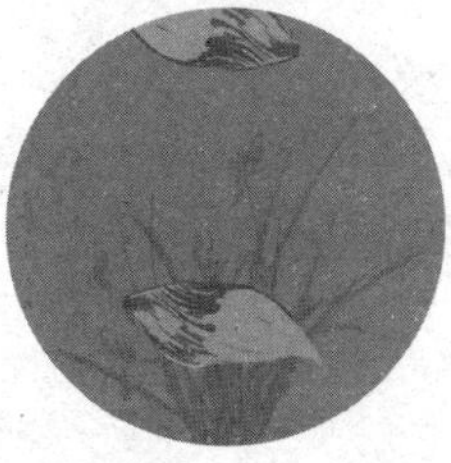

第一辑　蝴蝶来仪

你听，这画里有一些声音穿过，梭子一样，经纬有度。鸟儿网罗成群，戾气都散了。一些不能说的秘密被蝴蝶看穿，蝴蝶缄口不言。

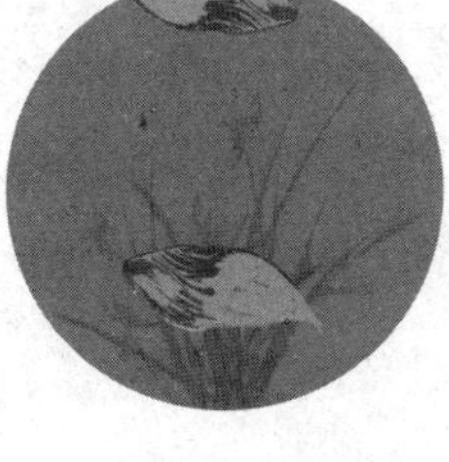

蝴蝶来仪

风从很远处吹来，一路颠簸，抵达内心深处的时候，已卸掉全部凛冽，水一样温润。晨曦清明，漫过窗棂，一对蝴蝶在阳光中舞蹈，自成意象，红尘纷扰消失不见。她们坐在书中，也坐在逝水流年中，相对而视，盈盈浅笑。

这是丰子恺先生的漫画《蝴蝶来仪》：一窗、一树、一桌、两人，天窗大开，绿树斜依，花香扑面，蝴蝶来仪。多么安宁祥和的意境，清风徐来，她们静坐窗前，借一树凉荫庇护，读书，谈天，或者对视。蝴蝶在一旁翩翩飞舞，与人相亲。

岁月静好，上帝端坐云端，微微一笑，不发一声。

俞平伯先生说：丰子恺的画是诗，不可说看，当曰“读”。

其实，赏画与读书一样，浸润着读者的情感与思考，只这一“读”，就有了别开生面的贴近与体悟。看画容易，只用眼睛，是一种视觉意义上的观赏；读画则难，不只是眼底沧桑，更须用心观照，细致体悟，方可应和彼时心意，贴近画境真味。

《蝴蝶来仪》是一个典雅文本，典在“蝴蝶”这个美好意象，雅在“来仪”这个富有画面感的动词语汇。读着这幅画，突然觉得这个世界很薄，薄如蝉翼，是脆的，或是坚韧的，谁说了也不算。得靠光，或时光，一丝一缕，经纬纵横，细细编织，静中有动，动中有静。这是最好的时光，也是最好的时刻。她们原本善良，有情有义，气场相吸，气息相通，这个时刻，什么都不要说，什么都无须说。

这画中的她们，就是我们，就是你们，就是他们，身体互相爱惜，灵魂彼此安生，人生盛宴，莫过如此。林语堂先生在《人生的盛宴》中这样写道：“陶渊明代表中国文化的一种奇怪的特质，这种特质就是肉的专一和灵的傲慢的奇怪混合，就是不流于灵欲的精神生活和不流于肉欲的物质的奇怪混合；在这种混合中，感官和心灵是和谐相处的。”丰子恺先生这幅画就有这种特质，那些纤细的线条，悄悄然唤醒了我们感官和心灵的和谐。

这简洁素淡的画中，似乎藏着看不见的五行，金、木、水、火、土，与我们的五脏六腑交相呼应。古人认为，心藏神，肝藏魂，脾藏意，肺藏魄，肾藏精志。读着这幅画，你的心、肝、脾、肺、肾，你的神明、你的魂魄、你的意志，都安放得那么妥当。这难得的生命体味和人生感知，既是一个安享时光的过程，也是一个反观自我的过程，身心相融，物我合一。

你听，这画里还有一些声音穿过，梭子一样，经纬有度，鸟儿网罗成群，戾气都散了。一些不能说的秘密被蝴蝶看穿，蝴蝶缄口不言。微风轻拂，蝴蝶来仪，她们不只看到自己，也看到整个世界。旷野之上，那些草、那些树、那些庄稼的根基，还有那些田鼠、那些麻雀、那些秸秆和遗留的果实，似乎都隐退了，又似乎都在场。

人类是苍茫天地间寒来暑往的旅客，再怎么蛮横、强势、霸道，终将被抛出这个世界，或者被自然的怀抱吸纳得干干净净。没有谁大手一挥，就是天下第一。鸟兽虫鱼、草木花叶，与人类生命绝无两样，置身于相生共荣的生态系统。我们究竟该如何呵护好这个生物圈，看护好人类诞生和生存的蓬勃空间？其实，蓬勃彰显的就是一种和谐状态。一棵树有蓬勃之状，只因水、土、木、叶彼此和谐；一个人有蓬勃之态，必是善恶有别、张弛有度、灵肉和谐；一个团体有蓬勃之势，必得天、地、人之自然和谐。个体身心的和谐、人与人的和谐、人和自然的和谐，都建立于“善”“恶”这两个对立面的均衡，如何做到天性的相得益彰，守住自己的精神家园，是每个人终生必修的功课。

也许我们可以尝试用一束光来袭击彼此的肌肤，却无法穿透彼此的生命厚度。现实中多是这样的情形：心与心之间，一丝间隙都很难跨越，爱总是在爱之外，眺望着爱。自然万物则是一个通达的面，一个酣畅的意境，一个蓬勃的生命场。当我们身处其中，会感觉到自己只是一个小点，一丝丝被濡湿、被浸透、被滋润，喧嚣被隔离得很远，很远。

鲁斯坦姆说：“世界应该是这个样子的，安拉在最上面，其次是自由，然后是书，再然后是大地。”其实，每个人内心深处都藏着一块属于自己的田园，安拉在最上面，其次是自由，然后是书和大地。

落日放船好

那一年，长安城里长安长，西天辽阔，落日映红。丈八沟内，风柔水细，青莲正举，翠竹留客，红袖添香。一帮文人士子，荡舟水上，放浪形骸，好生潇洒。待浮花浪蕊俱尽，几缕柳丝，伴他独自吟哦。

这是杜甫长安时期的作品，似乎不太符合他沉郁顿挫的风格。题为《陪诸贵公子丈八沟携妓纳凉晚际遇雨二首》，其一：

落日放船好，轻风生浪迟。竹深留客处，荷净纳凉时。
公子调冰水，佳人雪藕丝。片云头上黑，应是雨催诗。

诗题如小序，道出他陪诸贵公子于丈八沟携妓纳凉晚际遇雨的情状。“公子调冰水，佳人雪藕丝”，道出王公贵族消暑的高雅格调。据说，早在周朝就有专门负责“冰食”的人员，负责斩冰、藏冰、启冰、颁冰等事宜，供王宫贵族盛夏之需。《诗经·豳风·七月》：“二之日凿冰冲冲，三之日纳于凌阴。”深冬腊月，冰冻三尺，凿冰藏于凌阴，以备来年暑期消受。

那个夕阳如水的傍晚，一群公子小姐消暑纳凉的场景中，杜甫是主角还是配角？他的灵魂在场还是不在场？或者他身在其间又游离之外？

人总是在与自然、与社会的相处中不断地修正自我，一个人的成长永不停息，外力的扶持很重要，但最重要的还是自我的积累、成长与蜕变。在这个吸纳的过程里，一个又一个自己在蜕变，但他们并没有消失，成长的经历会将一个个无形的灵魂叠加、融合，变成新的生命体。

当年，落日放船之好，杜甫一定感觉到了，他也一定看到了很多个自己。远隔一层尘烟观照另一种生存空间，他明白自己所要做的是重新审视、理性思考，做好新的出行规划。倘若没有这十年的历练和反观，我们如何读到他沉郁顿挫的史诗？客居长安十年，将青年才俊杜子美变成一个看惯世态炎凉的史诗式诗人，这是不幸，也是大幸。

一个真正意义上的社会人，一定会在关注现实社会的同时，沉入浩瀚的自然和现实的深流，泅渡、俯仰、沉醉、吟咏，创作出对自我、对他人、对社会有真正感知、呼应和觉醒的作品。丰子恺先生作画《落日放船好》，并没有在意太多，他想的只是“放船好”。就是这“好”字，悄悄然跳离诗中的贵族化，将一份生命欢愉世俗化，没有过多粉饰，只待日落之时，放船尽兴。

日本近代作家夏目漱石的小说《旅宿》（丰子恺译）中的青年画家，一边登山，一边生发出别样的艺术感悟，他说：“依理而行，则棱角突兀；任情而动，则放浪不羁；意气从事，则到处碰壁。总之，人的世界是难处的。越来越难处，就希望迁居到容易处的地方去。到了相信任何地方都难处的时候，就发生诗，就产生画。”他认为，生活要超脱现实，超脱人情，才是美的；艺术也要超脱现实，超脱人情，才是美的。然而，普通的艺术超脱不了现实，不免含有人情，诸如苦痛、愤怒、叫嚣、哭泣、争执，等等。这些附着品与生活本身交织在一起，你必须“站在看到的、余裕的、第三者的地位上”，才能看到生活之上的艺术。

这段译文似乎就是丰子恺先生的艺术独白，他一生坚守诗人的天职，履行画家的使命。倘若我们能深味这样的人生态度和艺术姿态，或许能读懂先生每一幅漫画中的幸福和疼痛，但很难，很难。

杜甫的诗是无声的画，丰子恺先生的画是无声的诗，他们的内心因此而变得无比丰富，读者的心也因了他们的丰富而丰富。

我所能理解的是，丰子恺先生毕其半生所成《护生画集》，以尺幅之画护生灵、扬美善，只为使自己和他人在难处的人生境遇里变得宽裕。每一个人只拥有白驹过隙的生命，我们应该读诗，也读画，好好地度过。

松间的音乐队

明代倪允昌《光明藏》曰："听瀑布，可涤蒙气。听松声，可豁烦襟。听檐雨，可止劳虑。听鸣禽，可息机营。听琴弦，可消躁念。听晨钟，可醒溃肠。听书声，可束游想。听梵音，可清尘根。"这段话有疏淡清凉的意味，沁人心脾，净化性灵。瀑布、松声、檐雨、鸣禽，乃自然之音；琴弦、晨钟、书声，乃人类之声；梵音，则是超越凡尘的佛音。倾听这些声音，不只是耳朵之福，更益于人身体康泰和性灵愉悦。

《庄子》："南海之帝为倏，北海之帝为忽，中央之帝为浑沌。倏与忽时相与遇于浑沌之地，浑沌待之甚善。倏与忽谋报浑沌之德，曰：'人皆有七窍，以视听食息，此独无有，尝试凿之。'日凿一窍，七日而浑沌死。"倏忽之对错，我们姑且不做探究，只说人人都有七窍，就是用来视、听、嗅、尝和呼吸吞纳，就是为了与万物生灵交相呼应。但我们的眼、耳、鼻、口，一定不是只停留在感官知觉上，而是要打开性灵通道，呼出与吸纳，各得其所。如此，瀑布方可荡涤蒙气，松声方可穿透烦襟，檐雨方可流走劳虑，鸣禽方可止息机营，琴弦方可消躁念，晨钟方可醒溃肠，书声方可束游想，梵音方可清尘根。

从这个意义上说，倪允昌不只是在讲听觉，也是在说自然天籁与生命性灵的相通。古语云："乐者，天地之和也。礼者，天地之序也。乐由天作，礼以地制。"音乐的规律与宇宙的规律是相通的，自然界本身含有音乐所具有的许多因子，诸如节奏、韵律、和谐，等等。庄子是极懂得音乐艺术规律的人，他把整个宇宙自然、天体运行、万物互动看成完美和谐的乐曲，认为"至乐无乐"。在庄子看来，音乐是以大自然为蓝本而创造出来的，蓝本必定模仿于模本，自然美必定胜过人为美，无声之乐必定高于有声之乐。

大约这就是"至乐无乐"之深义所在。广袤的自然舞台上，序幕徐徐开启，鸟鸣、水流、风声、云影，自然天籁，舒缓而起。这一支生灵音乐队，没有庞大的阵容，没有华丽的包装，没有高级指挥，只有饱满和庄严，万物伴着无形而有韵的节奏各自生发，演奏着浑然天成的旋律。

这神秘的声音组合，被人类称作"天籁"。

班得瑞的新世纪音乐就源于自然的天籁。这是一个如梦如幻的抒情演奏乐团，1990 年发迹于瑞士，由一群生活在瑞士山林的年轻作曲家、演奏家及音源采样工程师组合而成。这些音乐精灵拥有脱俗的音乐风格，从开始执行音乐制作就深居阿尔卑斯山林，摄取每一个音符，将天籁融入音乐，直到母带成品完成。整个过程中，他们与自然融为一体，湖光山色、鸟兽虫鸣、风霜雪雨，源源不绝地激发创作灵感；通过独特的编曲手法，以清爽的配乐架构零压力、零负担的乐曲；仔细斟酌每一轨声道的解析度，使音域更宽广、音场效果更具空灵感，以唯美的方式表现安宁、祥和的境界，带你融入安静、恬淡、悠然的大自然。

生而为人，音乐对心灵的征服是彻底的。有时候，音乐对我们只是一种性灵释放的契机；更多时候，聆听音乐是对美的虔诚与臣服。我们必须以极低的姿态，仰望和观照一种极致的艺术之美。

艺术的精神气息永远相通，明代叶唐夫有一首《江村》：“家住夕阳江上村，一湾流水绕柴门。种来松树高于屋，借与春禽养子孙。”诗画合一，这画也是好诗，不只好在物象背后隐藏了夕阳、流水、老屋、松树、窝巢、春禽等活泼的意象，更好在物象之间淙淙而动的乐流。

读丰子恺先生的画，吟叶唐夫的诗，宛如聆听天籁，世界静下来，没有芜杂，没有掠夺，无须夸饰，不用炫耀；万类萌动，秩序井然，该放则放，该收就收，收敛自如，张弛有度。这是春的圆舞曲极富节奏的鼓点，敲击纯净的韵律，就像一出剧目的出场前戏，诱你深入，缤纷四季就要上演。人生最好光景，莫过如此。

丰子恺先生作一幅画《松间的音乐队》：一弯流水、一道疏篱、两间瓦舍、三棵松树，树上鸟窝，有参天的古意。春天来了，天地是静的，松树是静的，房屋是静的，清风、流水和飞鸟是动的。鸟儿飞翔着、盘旋着、繁衍着，生机勃勃，唱和不息。静的屋安慰了累的人，静的树栖息了飞的鸟，流水则隔出远离尘嚣的空灵。人与物，物与人，子子孙孙，无穷匮也。

古人讲“天地人和”，将人置于天地之间，不只突出了人顶天立地的使命感和责任感，更阐述了人类的生存秘密、生活智慧和处世思想。古人的感知意识中，自然万物、河流山川、草木动物，都是沟通天地的凭借。大道之乐源于自然之音，起于宇宙之始，从未停止，也未消失，人类却在与它同行的途中渐渐疏远了它。这是文明之外的人世苍凉，从某种意义上说，古人远比今人幸福。

《松间的音乐队》这幅画里的天地，活泼泼的，水灵灵的，看似不闻声，声音却隐于流水、疏篱、瓦舍，轻轻吟唱，余音袅袅。其实，当物成为物的意象，物就隐退了，线条所到之处，就是语言的终止之处，就是拉开音乐的序幕，看似没有声音的世界，音乐同样鸣响。

衔泥带得落花归

春天来了，日色渐暖，阳光明媚，母亲抱着小儿坐在椅子上晒太阳，眉梢眼底，溢满柔情；一个小女孩张开双臂，呼唤着低飞的燕子；一个小男孩蹲在地上玩儿，他一定是被姐姐的欢呼吸引，仰头而望。年年春天，燕子翩翩归，万物勃发生机，人与物，自然相合，其乐融融。

这是丰子恺先生的画作《衔泥带得落花归》。

白驹过隙，已过许多年。2016 年 6 月 25 日，辽宁省沈阳市 5300 余名考生，正坐在中考考场内，仔细端详着一幅漫画《衔泥带得落花归》，紧蹙眉头，想要描述，无从下笔。考试结果让人有些遗憾，大部分孩子没有把握好漫画题旨，有的从母亲的角度描写照看三个孩子的“辛苦”，有的从燕子衔泥入手解读“积累”的重要性，有的从“落花归”想到“落红不是无情物，化作春泥更护花”讴歌奉献，有的甚至大笔挥洒抒写新时代的英雄精神……热情奔放的少男少女们，思路开放，联想丰富，却并没有真正把握住画作的气脉——春。

漫画的作者丰子恺先生，是一个心有春意的人。

近年来，先生画作备受人们关注，包括入选各类考试题。这是好事，大好事，可是为什么孩子们读不懂画面内容呢？每年春来，燕子衔泥、做窝、孵化乳燕，本是再寻常不过的物候现象，可成长在信息时代的孩子们，有多少双眼睛中有过这样的风景，用心留意过季节的物事变化，以及与此相应的生长发育节律？或者，有几位家长真诚地引导和陪伴孩子投入真正的生活场景，去关注动植物的生长、发育和活动规律，以及非生物的变化对节候的反应？

毋庸置疑，孩子们的生长空间已然缺失了富有生命体感的内容。植物随着气候的季节性变化而发生萌芽、抽枝、展叶、开花、结果、落叶、休眠等规律性变化的物候现象，以及各类动物的摄食、运动和繁殖等生命活动，已渐渐地从孩子们的生活内容中被抽走了。童年，乃至少年，他们主动或被动地远离自然，很少抬头看看鸟儿翩翩飞，也很少有闲心去田野观照万类生息，又怎么会体味燕子“衔泥带得落花归”之浓深春意？

画作题款来自清代吕霜诗《无题》：

> 一年社日都忘了，忽见庭前燕子飞。
> 禽鸟也知勤作室，衔泥带得落花归。

社日是祭祀社神的日子，这一天，人们隆重集会，祈求大地繁衍万物、六畜兴旺、五谷丰登。先民十分重视祭祀社神，祭祀活动已成为风俗，流传后代。春社是春天祭祀土地神的日子，是最为古老的汉族传统民俗节日之一。汉代以前，只有春社；汉之后，有春、秋二社，在春分、秋分前后举行。

春社之日，燕子归来，寻觅旧时人家，衔泥筑巢，泥土中常混杂有花瓣、小草等。这些可观可感的物象，提醒着人们季节的变化。敏感的诗人感受到浓浓春意，脱口而出“禽鸟也知勤作室，衔泥带得落花归”

的千古诗意。现如今，忙碌奔走的人们大多只顾急匆匆地往前赶，一年又一年，倏忽而过，茫然不知所往。倘若没有身体的冷暖感知，大概很少有人能够意识到生命的尊贵，尚不如梁间燕子，每年春来，成双成对，欢欢喜喜，衔泥筑巢，孕育春色。

小时候，有一段日子我是在外婆家所在的小山村度过的。春天来临，万物复苏，山花烂漫。燕子成双，一趟又一趟地出入往返，像人一样辛勤劳作，经营家园。哪个孩子不期望自家屋檐下有燕子窝？人们甚至会说，谁家屋檐有燕子做窝，谁家就会有喜事来临。外婆是我童年的春天，她会反复吟唱那首最美的童谣："小燕子，穿花衣，年年春天到这里。我问燕子你为啥来？燕子说，这里的春天最美丽。"一直以为这是外婆为我而歌，长大后才知晓，这是一首春天的歌，属于心有春意的人。

外婆就是心有春意的人。一双小脚，我不知道她能走多远，但我相信她走进了天堂，长成了天堂里的一棵树。一个人的成长是从人的自然属性开始的，教育的本质是回归，回归天然，回归自然，与万类生物彼此感应，这样人才能成为自然人，生命才能焕发生机。倘若没有亲近大地、亲近自然，缺少"精、气、神"的哺育，身、心、灵的发育都不会健全，一个人便难以长大成熟。

外婆不仅抚养我长大，更让我懂得生命的意义在于心有春意。外婆走了，外婆的小屋从此成了我深藏春意的白塔。这么多年过去了，我一直走在这个干干净净的"春"字里，从未走失，哪怕两脚泥泞，也要带得落花归。

俞平伯先生说，丰子恺先生的漫画"一片片的落英，都含蓄着人间的情味"。先生曾作此画赠予朋友，大概也是赠予他人一份春意，开启春天般的人生之旅吧。

黄莺久住浑相识

时令已是暮春，旅舍旁的梅花日渐凋谢，只剩了些细细碎碎的残瓣，瑟瑟抖着。水岸边，垂柳已泛出浅绿，抽着细黄的嫩芽，一片柳烟青青。微风轻拂，春草送来幽幽芳香，直扑鼻息。这勃发的春意里，远行的人却要背负行囊，乘舟远去。纷繁的离情别绪，沉沉地压着他不欲迈开的脚步，就连树上的鸟儿，也是声声悲鸣，似在深情挽留孤单的旅客。

这是唐代诗人戎昱的七绝《移家别湖上亭》：

好是春风湖上亭，柳条藤蔓系离情。
黄莺久住浑相识，欲别频啼四五声。

这是一首古代送别诗，春风骀荡，景色宜人，孤独的旅人却要离开了。微风中，他神色黯然，辞别往日流连的湖上亭，亭边柳树丝绦柔曼，仿佛伸出多情的手臂牵扯他的衣袖，不让他离去。枝头栖息的黄莺俨然成了故友，频频啼叫，与他告别，鸣声悠悠，别情依依。是啊，住这么久了，这柳树、黄莺也是老相识了。

春水迢迢，去程茫茫，这即将分离的时刻，教人如何心安？

这首诗妙在移情草木，赋予柳条、藤蔓、黄莺以人的情感，主客移位，花鸟抒情，含蓄地表达了诗人对湖上亭的依恋之情。一个“系”字，既切合柳条修长柔软之特征，又写出藤蔓牵衣拉裾之状。杨柳多情，黄莺频啼，诗人化无情为有情，借物的眷恋与挽留，衬托出人与人、人与物、人与故地的依依惜别，抒写了眷恋难舍的深厚感情。

知世论人，知人论诗，真正的文人是掩饰不了自己内心的。也正因了这不加掩饰，才有如此感人肺腑的艺术作品，情有所寄，意传千古。其实，诗人为诗，词人唱词，赋者成赋，都是贴近心脉的节奏，抒写寂寞，也成就繁华。所以，若品诗唱词赏赋，绝不能忘记那些站在词语背后的真性情男儿，别忘了穿过寂寞的文辞去仰望高贵的灵魂，看看繁华的寂寞和寂寞的繁华。那寂寞不是简单的忧伤，而是真实体验的写照、人生情怀的浓缩，是古典文人的绝世繁华。

丰子恺先生古诗词画作《黄莺久住浑相识》：一人着长衫，拄杖而行，柳丝轻轻拂过面颊，脚下春草蔓延；一人穿短衣，负囊提匣，紧跟其后。他们在这里住了很久，终于要回家了。或者，他们漂泊四方，忙于奔波，刚刚安顿下来，却又要离去，奔赴下一段征途。那份不可言说的意境中，不只是移情于物，还有一些不可知的盈盈深情，不只是孤独之路的寂寥，还有看不见的希望和出路。

那么，杨柳岸，晓风残月，朝阳升起之时，他们将落足哪里？

诗人和画家都没有作出任何回答，他们看重的，是久住湖上亭的旅人早已与一草一木有了深厚感情，他们视花鸟草木为挚友，物我相融，彼此两忘，忧乐与共，灵犀相通。

一千多年前的唐朝，诗人戎昱移家别湖上亭写下此诗的时候，一定没有想过，幽深的岁月一站一站地走过，他的慨叹却从未落下，自始至终被人们吟唱、歌咏。只一个“别”字，就可把千年缩为一瞬。那个时代，没有手机，没有短信，没有微信，那份离别的伤怀意境，今人或许无法深刻体验，却也能够感同身受。

时间如流水，时间也不如流水，它始终潜隐着，以你无法把控的速度前行，一日又一夜，你看不见，也抓不住。似乎一个人生命的起点与终点都很短暂，你根本无法预测什么，但如果确定是美丽的，变幻无常不也是别样美丽？人间走一回，不只是为了体验有始无终的悲苦。流水一般绵长的过程中，我们可以不必太在意征途上经历的那些欢喜或伤痛，只要用心体验未知的丰富和美丽，让灵魂安生，就足够了。

离恨之苦自古皆然，所幸万物多情可以聊解别恨，山川草木、鸟兽虫鱼、清风明月，总是与人彼此呼应，人悲山水呜咽，人喜林花欢笑。当然，人生岂能总是秋？不管读诗还是读画，倘若我们抛开生命际遇中那些离愁别恨的无奈与寥落，不去过分观照生活背景的沧桑，只记得“黄莺久住浑相识，欲别频啼四五声”这卓然名句，亦是别样好。

一肩担尽古今愁

《一肩担尽古今愁》这幅画着意不浓，大处留白，淡笔勾勒人物及背景：远处，隐隐高山，寥寥林木，一条羊肠小道蜿蜒而来；近处，旅人单肩挑负，独自前行，双目有神，直视前方，扁担、行囊、雨伞、草帽，清晰可辨，件件可数。右下角竖书“一肩担尽古今愁”七个黑字，恰如惊叹号，将画面的苍凉、沉重、孤独和悲壮一笔定格。

临画静坐，大脑空洞，这空不是什么也没装，而是装得太满。也许空洞的状态便是装得足够满，反倒觉得什么都没有了。一幅小小的简笔画，竟可以纵横上下五千年、贯穿古今华夏而不显得逼仄；一个人独行天地间，瘦削的肩，一条窄窄的木扁担，就可以挑起漫漫千古愁而不言放弃。这是何等的胆略和气魄，何等的谦卑和尊贵！

画幅题款出自清代袁枚《绝命词》：

赋性生来本野流，手提竹杖过通州。

饭篮向晓迎残月，歌板临风唱晚秋。

两脚踢翻尘世路，一肩担尽古今愁。

如今不受嗟来食，村犬何须吠不休。

且不说这首诗渗透着哀民生之多艰的济世情怀，以及诗人对世俗不解自我的无奈和嘲讽，单就豁达的人生态度而言，境界已居众人之上。“两脚踢翻尘世路，一肩担尽古今愁”，这句诗刻画细腻，描写逼真，风度高昂，动感酣畅，汪洋恣肆，呼出满胸愤懑，道尽世事沧桑，抒发我自踏歌向天涯的悲壮。这是一种安稳的沉静和淡定，与世俗同在，却又不拘囿于世俗，不急不躁，不慌不忙，不卑不亢，不畏不惧。

古人讲天、地、人“三才”，把人置身于天地之间，不仅突出了人顶天立地的使命感和责任感，而且阐释了人类生存的秘密、生活的智慧和处世的思想，值得我们深思和践行。人，作为万物之灵长，上敬奉天，下立足地，这“顶天立地”还有“敢作敢为”之意，襟怀阔达，追求执着，说自己想说的话，做自己该做的事。

每一个人都会有一种人生选择，每一种人生选择都历练一个人的生活能力，每一种生活能力都彰显一个人的生命风度，每一种生命风度都可以创造一个独立的世界。美好的灵魂是倔强的独语者，独自傲然而行，哪怕脚下踏出苍凉的长叹。一肩担尽古今愁，这样的负重，你担当了，就不容再卸肩。这是时间赋予的生命柴火，干裂而有耐力，灼灼而燃，永不熄灭。

梁遇春说：“所谓生活术，恐怕就在于怎么样当这么一个临风的征人吧。无论是风雨横来，无论是澄江一练，始终好像惦记着一个花一般的家乡；同时还能够认清眼底的江山，把住自己的步骤；能够清瘦地站着，戛戛然好似狂风中的老树。能够忍受，却没有麻木；能够多情，却不流于感伤，仿佛楼前的春雨，悄悄下着，遮住耀目的阳光，却滋润了百草同千花。”拨开历史尘烟，中华民族上下五千年文明史中，多少风流人物就是这样逆风而行的征人。不论贵贱，不说尊卑，他们始终认得清眼底的江山，能把握住自己的节奏。

画面上，那山坳有半轮太阳。有人问：究竟是清晨日出，还是黄昏日落？丰子恺先生的女儿丰宝吟在《爸爸的画》中记录了一件事：画作《无言独上西楼，月如钩》，题目用古人词句，画中人却穿今装（长袍），这引起了当时读者的质问。当这幅画最初发表在《文学周报》上时，有人批评道："这人是李后主，应该穿古装。你怎么画成穿大褂的现代人？"父亲回答说："我不是作历史画，也不是为李后主词作插图，我是描写读李词后所得体感的。我是现代人，我的体感当然作现代相，这才足证李词是千古不朽之作。……"

这就是先生真诚朴素的回答。他借画写意，不为复原，不求他谋，全在传达自己的阅读体感，以期唤起诗歌不朽之望。这种执着坚守的艺术观念，贯穿着丰子恺先生一生的艺术之旅，这何尝不是一肩担尽古今愁？

自然，相由心生，我们本不必执着于晨或昏。那执着的生命肩头所担挑的重负，也不只是晨与昏。不管是清晨上路，还是傍晚投宿，都不是他的终极目的，前途漫漫，夜正长，路也正长。

留将一面与梅花

很多年前，雪后天晴，三个好友避开闹市，来到郊野一家小酒馆。一道疏篱，数间茅屋，几树梅花，三人围桌，吃酒、说笑、谈天，将另一面留给满树梅花。一树红梅，做了明艳的陪衬，也做了最好的相伴。这不是故事，是趣事，是场景，是画，也是诗。

清朝诗人何钱《普和看梅云》：

酒沽林外野人家，霁日当檐独树斜。
小几呼朋三面坐，留将一面与梅花。

古人写诗是闲话，也是闲趣。这首诗就像一则便签，看似即兴记录了一段日常酒话，却有意无意传达出物人合一的天趣与坦荡之美。诗人眼中，人是至交，梅亦是知己，蘸着初霁之阳饮酒，如何能忽略一味如雪梅香？林逋梅妻鹤子，李白举杯邀月，何钱邀梅共酒，与其说是文人雅兴，不如说是物人对等，彼此相融。古人舍人而取物，无不透视出一种包容吸纳的天地情怀，快速奔走的现代化进程中，有多少人可以像他们这样将自我与外物视作等同？

丰子恺先生画作《留将一面与梅花》之意趣，就来自这首诗。他以简笔描绘了一幅山野简图，画出一个氤氲着烟火气的好去处。霁日沽酒，老友围坐，独留一面，相邀梅花。梅树并没有被人束绑，放任而生，当檐独斜，站成院落的一部分，也站成了人的一部分。她似乎懂得人意，俯身相就，与人相亲。

自然风景，本初天然，万物活泼，生生不息，因而才有了博大丰富的生命群体。倘若我们洗净耳朵，就可以倾听到虫子和植物的细语：蜜蜂吟唱、蜘蛛织网、蚯蚓潜行、蝴蝶破茧、鸟群飞翔、水蛇舞蹈、蚕豆开花、红薯酣睡、萝卜结籽、花生成熟……这些动中有静的细节，如温暖的阳光轻触耳膜，无一不是生命活力的彰显或隐喻，蕴含着至真至深的人间哲理。

造化神奇，赋予人类在万物蓬勃中生存的机缘，彼此归聚，相互依存。这种幸运对每个人公平，却被人们有意无意地忽略了，因而并不是每个人都能从中获得自由和快乐。实际上，人生在世，绝不能缺少与自然的交互和应答，小鸟、绿草、溪流、虫鱼……形形色色的生物都是我们的好伙伴，安然享受自然带来的丰富和美好吧！这是上苍赐予人类最大的生命欢喜和精神幸福。

从某种意义上说，“留将一面与梅花”的古意也很容易让人联想到古代“三驱之礼”。早在《春秋》即提出君主田猎“三田制”，限制天子一年只能春、秋、冬三季田猎，在此之前，天子四季出猎。孔子认为，夏季打猎有违天时，夏天是动植物生长、繁衍的重要阶段，此时禁止打猎，有保护庄稼、发展牧业、敬畏天地等多重含义，故后世君主多推行“三驱之礼”。古人不主张对野生动物一网打尽，三面驱赶，留取一面，让鸟兽有路可逃，乃所谓好生之德。从长远来看，这不只传递着“仁德”信息，对自然生态也有积极的保护作用。

物无尊卑，人无高下，生灵相聚，相安相和，何其有幸？

当然，人的幸运和幸福不只在于山峦河川、花草树木、鸟兽虫鱼，也在于书法、音乐、绘画、诗词、曲赋。丰子恺先生说：“我从小喜欢读诗词，只是读而不作。我觉得古人的诗词，全篇都可爱的极少。我所爱的，往往只是一篇中的一段，甚至一句。这一句我讽咏之不足，往往把它译作小画，粘在座右，随时欣赏。有时眼前会现出一个幻象来，若隐若现，如有如无。立刻提起笔来写，只写得一个概略，那幻象已经消失。我看看纸上，只有寥寥数笔的轮廓，眉目都不全，但是颇能代表那个幻象，不要求加详了。”

先生为人素宁，艺术观点也真纯坦荡，这幅画就是一个缘诗而生的“幻想”：茅屋、青竹、梅花，只要你闭上眼睛，就可以呼吸到一脉酒香，在明月下看到李白，在清酒中闻到何钱，在梅花丛中寻到林和靖。这些倦了世俗的古人，并没有停留于对事物外在的关注，而是回到自然，回到内心，物我两忘，彼此相融。

很多时候，我们将有形的自身封闭于无形的世俗百态，陷入促狭和逼仄，呼吸不畅，睁眼茫然。何不留出一面墙，连柴门也不要，大敞着，坦坦荡荡，将门外青山、山间溪水、花鸟草树等天趣之美，纳入自我的视野和视界，以精神之笔勾画出无形的自然，构建一个天人合一的同心圆？久而久之，你的领空和领地就会突显出不同海拔的水平面与实际地面的交线，那是生命中的另一种等高线。

小几呼朋三面坐，留将一面与梅花，此中有真意，欲辩已忘言。

一钩新月天如水

“人散后，一钩新月天如水”，这是一组诗意的汉字组合。

初读这句诗，没有喧闹人群，只有如水清月亘古朗照，人散，或者人不散，她都在，悄悄然，不发一言。语言有生生不息的生命，诗人在创造语言，诗人也在保持语言的真诚、保鲜语言的活力。一千多年前的那个月亮不在了，北宋诗人谢逸以语言描写的方式，为我们留住了这一轮明月，照出了彼时意境，也照亮了现世光阴。

谢逸《千秋岁·咏夏景》：

棟花飘砌。蔌蔌清香细。梅雨过，苹风起。情随湘水远，梦绕吴峰翠。琴书倦，鹧鸪唤起南窗睡。

密意无人寄。幽恨凭谁洗？修竹畔，疏帘里。歌余尘拂扇，舞罢风掀袂。人散后，一钩淡月天如水。

梅雨过了，苹风起了，楝花簌簌落，一任鹧鸪惊。修竹茂，疏帘垂，倦琴书，卧南窗，情随湘水，梦绕吴峰，幽情深意，无处拂尘。这是千年前一场歌舞盛宴，笙歌起，玩月凉，歌舞尽，茶具热，人空散，一钩冷月淡照，清辉如水，一地凄凉。词人借楝花起兴，感春意之短暂，叹人生之消逝，热闹与冷清、繁华与落寞、兴盛与苍凉，俯仰间，向之所欣，已为陈迹，一怀惆怅，欲说还休。

楝花是开在春末夏初的花，宋人有“处处社时茅屋雨，年年春后楝花风”，楝花一开，春就过了，伤春惜春之情油然而生。或许这只是文人雅士的闲情而已，在老百姓眼中，每一种植物都是依序而生的天赐祥物。每年浅夏，苦楝发花如海棠，他们以节赋意，借花说人，诸如“四月八打楝花，来年生个胖娃娃”“四月八打楝花，男十七女十八”等，这些朴素的民间俗语，唱出多子多福、平安健康的朴素祈愿。

丰子恺先生作《人散后，一钩新月天如水》，画面极为素简，只取纯净黑白两色，以简洁疏朗之笔，勾勒出亭台廊阁的清雅景致：低处，竹帘高卷，廊亭寂然，茶桌一张，杯具几只；高处，青天如水，一弯新月朗照。之外，画面大片留白，意味无穷。

人去茶凉是常态世情的悲慨，先生意味却不尽相同。他宕开一笔，走出“人散后”的清寂，将盛宴后的人生寥落淡化，升华为风雅闲适的人生情致，画境与词味卓然不同。他有意留出大片空白，虚实相生，将“一钩新月天如水”的意境推向吞纳万物的宇宙：夜空浩渺，清澈而明净，一弯新月如舟，自由自在地沉浮畅游；木头桌上，一把纯黑的大茶壶，张嘴儿以待，仿佛将日月星辰等自然万象纳于一壶、容于一境，天地清明，水月共容。

这画空灵清绝，有着清凉明净的意味，道出自我与自然之融合。青山绵延、绿江环绕、湖泊相映，飞禽走兽、花鸟草虫、鱼鳖水族，世间万物，无不繁复，月亮却只有一轮。她属于任何人，又不属于任何人，人们望月怀月，似乎只能感知月亮的遥远，而无法真正靠近。倘若一个人难得心静，便只看到天上之月而见不到心灵之月，月亮只是生命中极其短暂的偶遇。其实，千江有水千江月，那水便是一汪明澈心池，水在心底，月就在水上。

林清玄在《月到天心》中说：“在这个世界上，每个人心里都有月亮埋藏，只是自己不知罢了。只有极少数的人，在最黑暗的时刻，仍然放散月的光明，那是知觉到自己就是月亮的人。这是为什么禅宗把直指人心称为‘指月’，指着天上的月教人看，见了月就应忘指；教化人心里都有月的光明，光明显现时就应舍弃教化。无非是标明了人心之月与天边之月是相应的、含容的……”他以月为意象，言说心灵之月与天边之月的相应和含容，道出人生感知的妙处，启示我们：让自己的心静下来，让自己的月明朗起来。

林清玄文笔优美，禅味十足；丰子恺画笔拙朴，灵动情深。他们都以自己的方式阐释了繁华之后的清静，不一样的况味，却是一样的孤独而清绝。《人散后，一钩新月天如水》，小小画幅，道出繁复而简约的人生之境：当世俗的繁华散尽，唯留如水之清月，纯净明朗，恰如天光，直照心底。

这便是丰子恺先生的画，笔简意丰，寥寥几笔，一个意境就出现了。当然，月到天心，风来水面，这般明净意味，只有细微的心致才能体味，只有博大的襟怀才能感受。

所以，林清玄先生告诉我们：回到自己，让自己光明吧。

所以，丰子恺先生的画里，人可去，茶可凉，月不可无。

此刻，市声远离，清夜宁静，一弯朗月在心，足矣。

教人立尽梧桐影

丰子恺先生的漫画，常常在平淡中寄寓无限韵味，思域广博，启人心智。《今夜故人来不来，教人立尽梧桐影》这幅画，曾以图文转换形式出现在高考语文试卷上，要求学生看图作文，以“静候树下”为开头，描写一段能够表现“闲淡”或“孤寂”特征的情景。结果是，坐在考场中的学生，既少有涉猎广泛的课外阅读，又缺少实践生活的亲身体验，很难身临其境地深入体味诗画意境，也不能展开丰富的想象，从而准确表达题旨要求。

诗句“今夜故人来不来，教人立尽梧桐影”，出自吕洞宾《梧桐影》：“明月斜，秋风冷。今夜故人来不来，教人立尽梧桐影。”八仙神话在我国民间广为流传，吕洞宾作《梧桐影》也有不少传说，但关于这首小令的主题解读基本是确定的：这是信守承诺的默然告白。秋风渐冷，月过中天，为了践行约定，他已守候多时，梧桐树影与他的影子重叠成一种守望的姿势。

他一心等候的故人，会不会如约而至？

《庄子·盗跖》:“尾生与女子期于梁下，女子不来，水至不去，抱梁柱而死。”庄子善用寓言讲故事，但这一则绝不是他的想象，也不是凭空杜撰，《汉书·古今人表》《艺文类聚》等书均有记载。后人用成语“尾生之信”或“尾生抱柱”比喻坚守信约，忠诚不渝。君子言必行、行必果，尾生是一位人格魅力光芒四射的君子，不惜用生命恪守诺言。今人看来，这个故事可能荒唐至极，但在庄子的寓言里，在那个久远时代的人类活动中，恪守诺言是人们必须遵守的道德信条，是为人之本。

尾生抱柱而死的典故，让我们看到了承诺的分量和珍贵，那是一种言出必行、恪尽责任的承诺。我一直坚信这个故事是真的，我也相信它比其他爱情悲剧更动人心魄。人而无信，不知其可？我们常常怀念远古，心仪古人生活的那个充满人格追求的时代，谦谦君子文质彬彬的风度背后，是闪光的信守诺言的屏障。誓死守信的故事，古今中外并不鲜有，但现而今，这样的道德屏障已濒临坍塌，渐渐淹没于人世浮华之中。

丰子恺先生的画作，写意了一个既热诚投入又淡然守护的意境。高大的梧桐、飘零的叶子、斜风中的劲草，这些都是秋之物象，一弯冷月悬空，更加渲染出秋意浓深。梧桐凋零，明月西沉，他青衫一袭，负手而立，似乎有些寥落，又似乎无所谓寥落。夜，如此安谧；心，如此宁静。梧桐倩影丈量着青夜的深度，如水青辉流泻出心灵之清洁。就精神意义而言，这难耐的等待过程，他已经安享了生动的美丽，哪怕把自己站立成一棵孤独的树，也契合“对影成双人”的诗意。

人生种种，倘若我们能够这样主动投入，也可以这样淡然物外，何尝不是一种执着与坚守？英国剧评家马丁·艾斯林评论贝克特荒诞派戏剧《等待戈多》时，说出一种人类共有的生存体验：“我们始终在等待什么；戈多则体现了我们的等待之物——它也许是某个事件，一件东西，一个人，或是死亡。此外更重要的是，我们在等待中纯粹而直接地体验着时光的流逝。当我们处于主动状态时，我们可能忘记时光的流逝，于是我们超越了时间；而当我们纯粹被动地等待时，我们将面对时间流逝本身。”这段评述有一种清明的觉醒，他真诚朴素的阐释既是一种生命体验的展开，也是个体精神世界的构建。

其实，这画中的他，可以是他，也可以是你和我，或者我们。你听，秋风过处，草虫绵绵细语，梧桐飞叶成蝶。这些自然之象原本与我们息息相关，却被大意忽略了，忙着去做了无谓的追逐。今夜，不管你来不来，不管你是故人新知、枯草新芽、春雨秋风，也不管这场相约有怎样不可知的起点和终点，这些都不再重要。因为，我在等你的意境中已然获得了天赐的圆满。世事万象，难遂人愿，人的一生就是一个又一个圆的完成，是不断肯定之肯定、否定之否定，周而复始，归复一个又一个新的圆。我们拿起一支笔，画过一个圆，你与我就是圆的接榫，这就够了。

也许，一个人穷尽一生也不会有什么圆满可言。面对未来的诸人诸事，我们是小心翼翼地选择被动等待，还是坦然地主动守候并生出愉悦，生出对活着的眷恋和思考？当然，每一个人在每一段时间内的“等待”的含义都不一样。有的等待，只能纯粹被动地体验着时光流逝；有的等待，主动面对就可以超越时间本身。这样的矛盾体验人人皆有，重要的是，我们能否在等待中清醒，在“等”的焦灼之后，努力实践，拥有“待”的期望。这是“等”的意味，也是“待”的妙处。

诗人说，只要有火车抵达的地方，就不会太远。

赏心只有两三枝

《赏心只有两三枝》这幅画，不飞片雪，尽得雪意。

一道疏篱，一树曲梅，白雪映天，红梅欲燃；一人策杖而立，着长袍，围长巾，雪上满地脚印。他已伫立良久，与梅对视、静守，不为比照“梅须逊雪三分白，雪却输梅一段香”，而是感叹“触目横斜千万朵，赏心只有两三枝”。梅啊，你傲雪而开，凝艳孤绝，清香四溢，可叹满树千姿百态，在赏花人的眼里，只觉触目杂乱，赏心只是两三枝。

似乎这赏花人有些苛求了。他化一己之意为利刃，无情地裁剪和剔除着枝枝雪梅，最终，心头只栖息了两三枝。

这是清代李方膺的题画诗《梅花》：

写梅未必合时宜，莫怪花前落墨迟。
触目横斜千万朵，赏心只有两三枝。

李方膺，“扬州八怪”之一，清代诗画家，书画诗词俱佳，善画松、竹、梅、兰、菊、杂花及虫鱼，也画人物、山水，尤精画梅，以“瘦硬”见称。其题画诗清新自然，别有意趣。这首诗看似说画梅须合时宜，但抛开画技，我们可以清楚地看见——画者花前落墨迟，只因为入眼的梅花真是太少了。

倘若游离诗意的感慨，或许我们也可以将这种人与梅的对视延伸为一种相互对立又相互依存的关系。观其对立而言，梅迎雪而开，满树凝艳，每一朵都是怒放的魂，是雪的精魂，这是梅的宿命，也是自我生命的完美呈现；赏花人以自我心性观梅、品梅，欣赏也罢，失望也罢，喟叹也罢，理智取舍，亦无可厚非。但自由的是人，人既能赏花，且能拣赏心的花来赏，花却不能选择知音。梅花无语，自然而放；赏花人亦无语，独立叹惋。相持许久，人与梅对立难解，近在咫尺，却云山阻隔，可望而不可即。

这看似是人的不幸，却也是梅的不幸。

观其依存而言，梅盛放于数九寒天，赏梅人冒雪走近，伫立、欣赏、慨叹，是为幸；人独立冰天雪地，身心俱寒，满树梅花就像火焰燃烧，即便“赏心只是两三枝”，又有何妨？这两三枝已成暗香浮动之气，足以宽慰人心。而对一朵花而言，最幸福的莫过于有一个人独立树旁，悄然聆听花开的清音，欣赏她，读懂她，爱惜她；对一个人而言，最幸运的莫过于在最好的时刻遇到相知的梅，人与梅，彼此相望，安生生命。

这是人的幸运，也是梅的幸运。

其实，这对立与依存都是物与人相遇的天缘。但凡物之相存、人之相与、事之相合，莫不顺应这天意之缘。无缘之人，与他说再多也是废话；有缘之人，他的存在会惊醒你所有的感觉。自古以来，人们就很钟情“缘”这个字，与之有关的想象甚为丰富，并依着人事情状组合出很多词汇来演绎人间故事，诸如缘分、尘缘、姻缘、仙缘、血缘、眼缘、情缘、金玉良缘、十二因缘、有缘千里来相会……真是说不明道不尽的缘。

当然，倘若不必过分拘泥于造字本义，我们也可以理解为“缘”是牵系彼此命运的丝线，是千丝万缕的纠缠与包容，是人与人之间命中注定的偶然或必然的遇合，是人与人、人与物之间发生联系的无限可能性。亲人乃上天所赐的朋友，朋友是自己找到的亲人，即使是路人，一旦相遇就是注定的缘分，一个故事、一段情谊便开始了。只要有了纤细而柔韧的丝线缠绕，就难再无缘无故地散了。

从这个意义上说，“缘”是生命之间一种比较久远而牢固的互生关系。她不仅与某个生命有关，而且与众多生命有关，甚至可以是许多生命与生命之间一种超越时空而连续不断的呼应关系。

哈代说：“呼唤者与被呼唤者很少互相应答。”此一语呼出多少悲伤，说尽多少遗憾，也道破相知难得的真谛。浮生若梦，相遇之人很多，相合之人很少，相知之人难求，若能握住手心的一瓢盈盈，已经艰难。弱水三千，只取一瓢，“三千”与“一”，多与少，如何取舍？世界与我，大与小，如何比较？

梅是花中翘楚，迎风傲雪，自开自谢，何等清洁风骨，赏悦人心者却只有两三枝而已，何况个性不同的人类呢？人是奇怪的动物，凡胎肉身各有不同，容貌秉性彼此迥异，灵魂更是各自生长。每个人与他人或外物之间，都有截然不同的呼应通道。倘若万花丛中，有人不为纷繁绚丽迷惑，只在意独属你的美，我宁愿相信，这是天意。

郑板桥为李方膺画梅长卷题诗曰：“梅根啮啮，梅苔烨烨。几瓣冰魂，千秋古雪。”纷繁万千，不如几瓣冰魂，丰子恺先生的高明也就在这“两三枝”。他悄悄然，不着痕迹地将一份难逢的心灵应答，开在梅枝花间。人间盛事无须多，一点红，足矣。如此，李方膺的梅、郑板桥的诗与丰子恺的画，皆绝美。

当然，此解是否合了丰子恺先生作画取意，已经不重要了。

红了樱桃，绿了芭蕉

大片大片的芭蕉叶，依窗而绿；一只蜻蜓，自由自在，飞来飞去。窗前，一张桌子，一盘樱桃，一本摊开的书，一支燃着的香烟，青烟袅袅。午后，主人依窗读书，倦了，起身走走，或者在床榻上躺躺，一回头，看着如此娴雅之境，兴笔所至，定格了这个特写镜头。

这幅画题为《红了樱桃，绿了芭蕉》，画境素净而有韵味，跳离了蒋捷《一剪梅·舟过吴江》的苍凉诗意："一片春愁待酒浇。江上舟摇，楼上帘招。秋娘渡与泰娘桥，风又飘飘，雨又萧萧。何日归家洗客袍？银字笙调，心字香烧。流光容易把人抛，红了樱桃，绿了芭蕉。"很久很久以前，某年某月某日，蒋捷乘船，一舟飘摇，水过吴江，岸上酒旗迎风招摇，诱惑着，他却无法止步。那是故乡的味道，却不是故乡。恍惚间，舟子已过秋娘渡，又过泰娘桥，风也萧萧，雨也萧萧。一年又一年，樱桃红了，芭蕉绿了，何时归去，一洗羁旅之风尘？

古人蒋捷，以现代蒙太奇手法剪辑了一组意象，染背景，点细节，点染结合，写尽伤春的惆怅和久别思归的怅惘。他感慨岁月无情，年华易逝，眼见时光的妙手催红了樱桃、染绿了芭蕉，把人生韶华远远抛后，自己却长年客居异乡，不得归去。

蒋捷的词大多凄清，只为客袍风尘太过沉重，压得他撑不起生命的重量。一曲《虞美人·听雨》便是他孤寂一生颠沛流离的真实写照：

少年听雨歌楼上，红烛昏罗帐。壮年听雨客舟中，江阔云低、断雁叫西风。

而今听雨僧庐下，鬓已星星也。悲欢离合总无情，一任阶前、点滴到天明。

这阕词以三幅象征性画面，概括了一个人从少年到老年，在环境、生活、心情各方面所发生的巨大变化，三个时期、三个场景、三种心境，读来倍感凄然。“少年听雨歌楼上，红烛昏罗帐”，年少不识愁滋味，为赋新词强说愁，连听雨也是浪漫清闲，红罗帐中，轻软细雨温柔乡；“壮年听雨客舟中，江阔云低、断雁叫西风”，壮年漂泊，客舟听雨，水天辽阔，暗云低沉，西风骤急，孤雁哀啼，一腔旅恨，万种离愁，欲说还休；“而今听雨僧庐下，鬓已星星也”，老年衰微，鬓发星星，寄居僧庐，深夜听秋雨，衾冷心亦寒，处境之萧索、心境之凄凉、思绪之木然，如秋窗寒雨，点点滴滴，细细数过，难耐天明。

这阕词被后人不断歌咏，就在于它不只是蒋捷一生颠沛流离的真实写照，也是每一个红尘中人生活阅历的收纳概括，没有谁能逃离这个生命轨迹。这是上苍赋予人的权力和责任，抑或责难，它让你在安享幸福的同时接纳与之俱来的悲怆和苍凉。漫漫长河中，那一场又一场雨，下了，又停了，又下了，当某一日雨晴的时候，蒋捷为我们留下了淅淅沥沥的雨声。这是词人赋予词的审美体验和社会功用，也是文学能够赋予个体生命和人类历史的真正意义。

凄清词境之上，蒋捷给了我们生命的感慨和惊醒：流光容易把人抛。

“红了樱桃，绿了芭蕉”，实写落笔，不仅是眼前景，更沉淀着对故园的美好回忆。年复一年，日复一日，樱桃红，芭蕉绿，游子客居他乡而家园难归。这里既有对故土风物的怀念和对孤旅生涯的怅惘，也有对时光易逝的感叹，一切意味，尽在一红一绿。“流光容易把人抛”，以虚言实，直抒人生苦短的无奈，似乎人活一场不过是一个简单旅程，出歌楼、下江岸、上渡船、宿僧庐。风雨兼程，那一场生命中的雨从未停息，自我年华却已走过最要紧、最美好的一段。

因了特定的时代背景，蒋捷的词对生命意境的概括无端凄凉，令人悲伤，但“珍惜流光”这一点值得我们记取和思考。其实，读书、听雨、看阳光都是一种际遇、一种心境、一种况味。秋夜听雨固然凄然，却也是平常事，也是好事，不失为一种人生意趣。或者说，享受阳光，也经历风雨，人生才算完整。

一位朋友说，他家的院子里盛满了阳光。院子里盛满阳光，真是好，我们应该更有心境去感受阳光、倾听阳光。倘若生命之树根植大地，背负苍天，向着阳光，世风冰霜再怎么冷，也不会冷彻心骨。俄罗斯诗人巴尔蒙特说：“我来到这个世间，是为了看看阳光。”为了看看阳光，我们来到这个世界，那么，听听雨，又有何妨？

一个人活着，总会在某些时刻遇见美好，好人、好事、好书、好风景。丰子恺先生走出凄冷词境，只取“红了樱桃，绿了芭蕉”作画。他似乎在告诉我们：即便时光如流水，人在水上漂，瞬间无影无踪，我们也要尽享水中温柔，倾心守护真善的温度。

蒋捷所处的那个时代、那些人已然远去，但年年岁岁花相似，樱桃又红，芭蕉也绿，人生美意，何处更寻？只要每一个日子都柔软着韶光的味道，有如水仙的花瓣，温柔而伸展。如此，蒋捷与丰子恺留给我们的艺术诗意和生命启示，远在“红了樱桃，绿了芭蕉”之外。

曲终人不见，江上数峰青

唐代诗人钱起，是极懂音乐之人，一首《湘灵鼓瑟》诗，记录了他听乐听到极致的美："善鼓云和瑟，常闻帝子灵。冯夷空自舞，楚客不堪听。苦调凄金石，清音入杳冥。苍梧来怨慕，白芷动芳馨。流水传潇浦，悲风过洞庭。曲终人不见，江上数峰青。"

传说，湘江之神湘灵，擅长鼓瑟，琴声悠扬，水神冯夷情不自禁随乐舞蹈。可惜，冯夷并没有真正听懂乐声潜流的悲怨，他的欢舞只是徒然。唯有被贬南行、经过湘水的"楚客"，才懂得湘灵之琴音的深婉苍凉。苍凉深远的瑟音，缥缈入冥，久久盘旋，苍梧怨慕，尧女恸哭；悲风掠过湘江水岸，直抵八百里洞庭，金石悲哀，香草闻动。一曲奏罢，鼓瑟伊人，飘忽而逝，青山依旧，湘水长流。

《旧唐书·钱徽传》称此诗为"鬼谣"。

这首诗本为应试而作，却成就了一章经典的听音乐诗文。湘神鼓瑟，曲声袅袅，诗人展开想象的羽翼，伴着仙乐，尽兴驰骋，上天入地，神驽八级。他动用所有的感官去接纳每一个音符，动情地描绘了湘灵鼓瑟的神奇力量，化无形为有形，景物人相，听得到，看得见。末句“曲终人不见，江上数峰青”，实为神来之笔，道出音乐带给人们超越时空的生命体验，自然精妙，神思绵绵，戛然而止，余音绕梁。

这是听乐的修养，也是为诗的精妙。李斯特说：“通过与诗的内在联系，音乐获得了新生。”文学与音乐自古就有一种不解之缘，无数诗文名家常常在音乐中捕捉灵感、陶冶性情、抒写性灵，留下许多为乐而歌的名篇。唐代诗人郎士元《听邻家吹笙》、李白《春夜洛城闻笛》、刘禹锡《杨柳枝词》、杜甫《赠花卿》等，都是听乐而抒发的极致感慨，以乐识友，借乐抒情。两千多年前，一个文人雅士，一介山野樵夫，高山流水，知音佳话；一千多年前，一位被贬骚客，一个天涯歌女，同是沦落人，司马青衫湿，一曲琵琶，古今流传。

音乐作为一种抒情性极强的艺术形式，通过旋律的起伏、力度的强弱，以及节奏的抑扬顿挫，借助直感的乐流方式传情达意，使人获得更为直接、丰富和生动的审美感受。音乐的创作和欣赏都是非常高雅的艺术活动，其审美意义不止于此，更在于对社会人的教养与教化功能。孔子主张音乐要贯注以“仁”的道德内涵，认为音乐具有“仁爱”精神，提出“尽善尽美”说，强调音乐的育化作用。他的“兴于诗，立于礼，成于乐”，第一次对音乐艺术逻辑给予形象地描述，把音乐的审美标准提升到美善统一的高度。

“曲终人不见，江上数峰青”，这句诗有清雅孤绝的美，吟了又吟，曲不闻，人不见，江不流，峰不青。这清绝的意境中藏着生命的玄机，可惜密码不是我能解开的。于是，去读丰子恺先生的画，不预设理性的规则，不只以眼睛去读，也放空一心去聆听。寥寥几笔，山水俱现，人隐山，峰沉水，画境从原诗的哀婉悲凉中游离出来，呈现出“青山依旧笑春风”的山河写意，不着一字，尽得风流。

你听，一曲歌罢，江水之上，故人远去，数峰青青。

第二辑　桃之夭夭

桃之夭夭，灼灼其华，乐心伴兮，俗世度兮。三月是春天最后的笙歌，这样一个收尾，仿佛书法里长长的一捺，是最后落下的笔锋。

桃之夭夭

春天是属于花树的，她们争相斗妍，各尽风姿，却不炫耀、不争宠、不相斥，相生相安。不管岁月风啸多么粗粝，花儿不会晚了季节，水畔山野，杏花、桃花、梨花都开了，也有不知名的草花儿，各具风姿，惹人喜爱。她们在沙尘的裹挟中如约而来，自在地开着，朴素而精致。

三月春阳，独属春来即发的自然生灵。花草虫鸟是长在诗里的意象，开放在《诗经》的横流中，灼灼而明。河之洲畔，《关雎》如雀跃的鸟鸣，风度翩翩的男子正为心仪的女子鼓瑟而歌；城墙一隅，《静女》是一朵含羞草，一根彤管馈赠爱她的男子；桃花林中，《有女同车》，风仪的男子牵着她的手穿过桃花香，登上桃花车，同车而归；子夜清凉，《绸缪》而结，木槿花一样的女子，以柴草相束，燃一把焰火光明，望着三星正移，轻轻呼唤"子兮子兮，如此良人何"；离别时刻，他们《击鼓》而歌，"死生契阔，与子成说。执子之手，与子偕老"，这是生死相依的爱情承诺；秋意阑珊，《蒹葭》苍苍，一种淳朴到极致的声音，吟唱在水畔草尖，伊人千年等待，正在水中央……

这些开在《诗经》园圃的花儿，燃烧在山间、水湄、草岸。细数万物之美，仿佛自己正渡过红尘万千，摇曳成一朵三月水桃花。自远古而始，真爱从未缺席，一朵朵女人花，就在水畔澎湃爱意。女儿如水，亦如桃花，朴素、繁盛、风华，美在外秀，更美在内慧，不张扬，却丰盈，绵延了“宜室宜家”的水性。

古人善以草木虫果为喻，写尽女子美态，如“手如柔荑，肤如凝脂，领如蝤蛴，齿如瓠犀，螓首蛾眉，巧笑倩兮，美目盼兮”；也借之抒写女子一生的生命节奏，如“桑之未落，其叶沃若；桑之落矣，其黄而陨”，以桑叶起兴，引出生命历程的比喻，草木之叶由绿而黄、由沃而陨，喻示女子生命的开启与落幕；“桃之夭夭，灼灼其华。之子于归，宜其室家”，则是为初嫁的女儿唱的赞歌。三月桃花开，是最好的嫁娶之日，人们以桃花起兴，为女子唱起“宜其室家”的祝福歌谣：这女子不只艳如桃花，她也定能使家庭和顺、亲人安康。

这些歌谣没有浓墨重彩，没有夸张铺饰，却温暖绵长，寄予了先民对生活的灼灼真爱、对美满家庭的朴素追求。古人曰：“夫美也者，上下、内外、大小、远近皆无害焉，故曰美。”古人早已把婚姻家庭的和美看得十分重要，不仅反映在《桃夭》，而且整部《诗经》都有反映。比如：《葛覃》写女子归宁省亲前的细腻心思，表现了她的勤、俭、孝、敬；《卷耳》写丈夫远役，妻子的思念，表达了她的坚贞淳朴；《螽斯》祝愿多生子女，家和昌盛。一首首吟唱生命的歌谣，就是一出出鲜活的生活剧，女子永远是被歌咏的主角。

《诗经》的年代，没有诸般现代奢华，没有成列车队，没有绚烂烟花，没有艳美婚服，只要有善美女子与他一同回家，一起经营一份和美安宁，就足够了。一个男子若有这样的女子同车，便拥有了整个世界，于是他这样咏叹：“有女同车，颜如舜华。将翱将翔，佩玉琼琚。彼美孟姜，洵美且都。有女同行，颜如舜英。将翱将翔，佩玉将将。彼美孟姜，德音不忘。”你嫁给我，这是上天的恩赐，如此“德音”，岂能忘记？

女子是幸福家庭的缔造者和经营者，女子之美，美在容，善在德。这是《桃夭》的本意，也是《诗经》的本意。关于重读《诗经》，闻一多先生曾提出两个原则：一是带读者走进《诗经》时代；二是把《诗经》带到读者的时代。闻一多先生是学者之尊，他的观点不仅有见地，而且有先见。他不只担忧现今或以后的人们会遗忘《诗经》的时代，更担忧现今或以后的人们会将那个时代的《诗经》遗留在那个久远的时空。这简简单单的两句话，藏着万重汪洋，足以引导后辈千年万年阅读《诗经》，回望《诗经》的时代。

走出《诗经》的桃花岸，有人依然喜欢用花容来比女貌，更有人说：所谓美人，以花为貌，以鸟为声，以月为神，以柳为态，以玉为骨，以冰雪为肤，以秋水为姿，以诗词为心。这几近完美的设想，给太多人以梦想，也给太多人以失落，虚与实、美与丑、瞬间与永恒的悖谬，总是跟人们开着不大不小的玩笑。其实，女人如花，亦如草木，只要有了本心的善美和真诚，有了本我的自省和担当，就会拥有朴素刚健的风骨。

桃之夭夭，灼灼其华，乐心伴兮，俗世度兮。三月是春天最后的笙歌，这样一个收尾，仿佛书法里长长的一捺，是最后落下的笔锋。这样的水墨笔锋，你须用得好笔尖、笔肚、笔根，才能写好汉字。一个美善的女子，就如一个横平竖直的汉字，自带光芒，气韵风华，你须看得仔细，想得明白，体味得深刻，方能如鱼得水。

端午帖

小满过了数日，下一个节气便是芒种。

今年（2019年）很巧，农历五月初四芒种，芒种的子夜，便是端午之起始。

端午节，悄悄然，开始在芒种结束的时刻。这是多么好的天赐机缘。试想，芒种的子夜时分，个人身体、自然万物和苍茫宇宙，都处于阴阳交接之界。倏忽之间，阳气出离于阴，开始萌动，开始勃发，只不过几个时辰，月落日升，黑夜走向白天，全新的一天诞生了。

这全新绽放的一天，便是端午。

端午，是一个集中国汉字与中华美学于一体的节日。“端”即“初”，端午亦称“端五”；又因午时为阳，也叫“端阳”；农历五月初五端午节，又称“重五”或“重午”。端午还有许多美称，诸如地腊、夏节、五日节、五月节、浴兰节、女儿节、天中节、龙舟节，等等。端午啊，恰若一个古典的女儿，她真是占尽了汉语词汇的丰富和优美，也满载着人们日常生活中对良善和美好的期望。这一天，人们放下手头的事情，兴高采烈地迎接节日，采艾草、悬菖蒲、佩香囊、挂钟馗、游百病、贴端午符……种种传统民俗活动，平常、真实又生动活泼。

端午节，这是一个源远流长的传统节日。相传在新石器时代，长江中下游地区活跃着一个古老的部落——百越族，端午就是他们创立的图腾祭祖节。根据出土文物土陶器皿上的纹饰和历史传说，这是一个崇拜龙的部落，族人自比龙的子孙，赤脚踏地，披发文身。他们勤劳耕作，以石器为主要生产工具，也有铲、凿等小件青铜器。每年农历五月初五，长江水上，龙舟竞渡，祭祀图腾，庆贺丰收，端午节的原始雏形便由此起源。数千年的历史发展中，大部分百越人已经融入汉族，其余部分演变为南方少数民族，端午节则一直流传下来，成为中华民族隆重继承数千年的传统节日。

历史的记忆并不遥远，古老的传说就发生在我们身边。在陕北，端午节是湿漉漉的，也是清爽爽的。一清早，薄薄的晨曦刚刚透过来，三人一组，五人一伙，人们欢喜结伴，走向田野、水畔、山谷，采一把青葱艾叶，摘一根柔韧草茎，仔细绑好，手中盈香，欢喜也溢满心底。一束束艾草，携带着湿漉漉的泥土芳香，悬于门扉，挂于居室，身体与家什，俱沐于草木之香，就像被洗透了。久居尘世的生命，似乎也因这活泼泼的艾草香而重新诞生，被赋予自然之物的神性和灵性。

你听，这“艾”的名字真是好，一声声呼出来，就像柔声唤着邻家小女儿，声音还没有落地，她便一身草香，笑意盈盈，站在你面前。艾，古人造字本意是“采割草药”，突出了艾草的药用性质。随着时光的推移，渐渐地，她淡化了主动采割之义，悄悄然，化身为一株清清爽爽的艾草，以清淡之香，医治人的身体，也清洗人的灵魂。

这素朴的山野之草，不挑地方，不装样子，岁岁枯，岁岁荣。青青艾草，每到春日，一天一天，无声无息地长，形体端庄，不枝不蔓，不妖娆。她不开花，只长叶，由浅绿长到翠绿，由翠绿长到深绿，朴拙清雅，风骨卓然，就像一个人，从婴儿长到少年，从少年长到青年，从青年走向成熟，才逐渐懂得静坐养神，看山是山，看水是水。

端午节的艾草最好，好在一个“嫩”。太嫩了，还没长大，不足以成气候；太老了，又成熟为草木，带了些干枯意，失却了青草气。端午艾，嫩得正当时候，仿佛二八娇女，在水一方，只待你溯洄从之，溯游从之。艾，原本就是一个浪漫的意象，《诗经·采葛》这样反复吟唱：

彼采葛兮，一日不见，如三月兮！
彼采萧兮，一日不见，如三秋兮！
彼采艾兮，一日不见，如三岁兮！

这诗有亲亲呼唤之声，也有轻轻忧伤之叹，一旦吟诵，唇齿留香。诗歌以“葛”“萧”“艾”三种青草比兴赋诗，重章迭唱，将一份刻骨的思念融于盈盈草香。古人的意念中，艾的温度、韧性和象征意义，似乎远胜于葛和萧。

你看，艾，居然一出场，就和“爱”有关，和人有关，和诗有关。

端午节亦称“诗人节”。很多年前的那个端阳，屈原形容枯槁，长发披散，徘徊于江水之畔，一曲《离骚》难掩悲恸和绝望，直抒他上下求索、死而无悔的高洁志向。于是，他选择远行，远离失重的时空，从容沉入汨罗之水，沉到大地之心。一江干干净净的汨罗水，成为屈原生命和灵魂的最终归宿。

屈原走了，从他选择一江汨罗水的那一天起，端午节的现实物质意义渐渐育化为理想精神意义，屈原和屈原的诗歌由此拥有了一种福佑生命的历史文化光芒。漫漫长路，屈原是“美政”的倡导者，也是上下求索的歌咏者，从某种意义上说，《九歌》是他生活之外的灵魂长歌，《九章》则是对他现实生活的真实记述，是他尴尬无奈的人世境遇。也许，他本来应该生活在《九歌》的意境中，他应该是《九歌》中的屈子，浪漫、多情而诗意纵横，可惜，屈原终其一生，就在《九章》之上眺望《九歌》。他上天入地，执着追寻，一曲“路漫漫其修远兮，吾将上下而求索”，成为后世诗人永恒的师承渊源。李白、李贺等诗人，均受屈原及楚辞之影响，他们以屈原为师，效法楚辞，继承浪漫主义精神，表达自我意识与现实世界之间的抗争和超脱。

屈原投入汨罗水，或许，他终于解脱了，变成一尾鱼，自由游弋；王勃随着秋水长天去了，或许，他入水而没，化为孤鹜，自在飞翔；李白也是赴水而去，不管有没有捉到月亮，他也是化而为月了。这些生而刚健的男子，在生命终结的时刻，都自觉或不自觉地选择了一汪善水，大概那清凌凌的水域才是诗意的归宿吧！

其实，他们并没有离开，也没有消逝，只是选择了另一种栖息方式。古往今来，一场场正义与邪恶的较量、光明与阴暗的角逐、坦荡与狭隘的对峙，从未停息。虽然，尘埃、烟雾、阴霾偶尔会遮掩光明，仁人志士之尊卑清浊也会在世俗的天平上失重，但公平的历史终将带着一个光明的寓言，走向人间正道。不管远去与归来、消逝与存在，每一个端午节或端午之外的日子，一个个故人，与我们笑意盈盈、把酒言欢，或相对无言、彼此取暖。大概这便是世界本相，不是神话，胜似神话。

鲁迅先生说：“孤伟已死，社会依然。四语之中，函深哀焉。”屈子往亦，这个艾叶芳香的五月天，汨罗江上，秭归龙舟，齐驰竞渡。

风入罗衣

风入罗衣，是一种奢望的风雅。

一袭罗衣，衣袂飘然，浅笑倩兮，美目盼兮，这是经年不老的温婉古典。汉代李延年曾为妹妹李夫人咏歌："北方有佳人，绝世而独立。一顾倾人城，再顾倾人国。宁不知倾城与倾国？佳人难再得。"李夫人姿容出落，清雅孤高，不俗众伍，绝世之美，也是绝世的孤独。其实，绝美不是绝尘，是凡而不俗，寻常女子的平常装束，也能穿出绝世佳人的如仙风仪。这平凡在素，这风仪在善，素善兼美，便是绝世风雅。

衣是有灵魂的，色彩、款式、点缀，是你的，便应和了你的体态，影随身形，契合天意；倘若不是你的，则不是身消弭了影，便是形吞没了魂，你可以听得到衣在轻轻啜泣。故，衣，不在品牌，不在价格，不在奢华，而在得体，得了体，便舒了心。

较之于"栖息"，更喜欢"蜷缩"这个词。"栖息"是有落足的地方，总归有悬浮之感，空落不踏实；"蜷缩"则是有一个小小空间属于你，任何时候都可以回来，安放疲惫的身体和灵魂。世俗的空间是逼仄的，当如潮纷扰一层层袭来，你会不自觉地闭了眼，缩小自己，退居到它的边缘。灵魂在旋涡中紧缩、磨炼，要么飞升，要么沉溺，这个时候，如果不想让自己消失，就找一个可以蜷缩的地方，短暂留驻，偷取片刻安宁。

性灵被拘囿得太久，想要活得宽裕，只能选择一个出口，寻得顺畅呼吸的理由和通道。我找到的出口——是衣裳，不是衣服。古人以上为衣，以下为裳，“裳”类似于裙。黄帝之前，未有衣裳屋宇，黄帝造屋宇、制衣服、营殡葬，民生日常才得以保障。

人类为什么会穿上衣裳至今不得而知，比较有影响的假说诸如保护说、羞耻说、避邪说、美化说、吸引异性说。《释名》曰：“裳，障也，所以自障蔽也。”“障”乃保护，“蔽”有遮羞之意，而“裳”的诸多含义中，“遮羞”居第一位。可见，衣裳中织入一种主观的羞愧之情，遮羞似乎要比遮风挡雨、抗御寒冷的功用更重要，这是人在本能属性之上的自觉行为。

满足了身体温度的需求，就想要舒展灵魂的风度。历朝历代，数得上的衣裳风仪，当为汉服。在未有考古实物支持的年代，汉服最早出现应该是殷商时期。新石器时代仰韶文化时期，已经产生了原始的农业和纺织业，人们开始用织成的麻布来做衣服；后来，又发明了饲蚕和丝纺，一双灵巧的手，满足了身体各个部位的需求。

某一个具有划时代意义的日子，一个名词开始了自己的使命：深衣。“深衣”之制，实为古衣之首，上下通服，通体遮蔽。衣冠服饰的日臻完备，不仅完善了人们的生存需求，而且具备了精神的仪式感——祭祀天地、婚庆喜宴、祭拜祖先等社会活动中，人们赋予衣灵魂，衣有了严整、庄重、肃穆之感，成为人类必不可少的精神外饰。

《圣经》中，人类的祖先是不穿衣服的。赤身伊甸园的亚当和夏娃，受了蛇的引诱，有了羞耻之心，把无花果叶子连缀成衣。大自然不同于伊甸园，有严冬与酷暑，有尊贵与卑贱，渐渐地，“衣裳”在遮羞保暖之外，又加入了社会因素。人们开始用衣服一层层包裹自己，自内而外，越来越厚，越来越严实，乃至于头有帽子、脚有鞋袜。

各种植物纤维中，最早被人类用于编制服饰的是亚麻。最早的亚麻纤维出现在距今三万六千年的格鲁吉亚地区。大概古希腊时期，人类就已在思考衣裳不只是遮羞的问题。在那场漫长的特洛伊战争中，海伦身着一袭乳白色亚麻长裙，她天赋的美丽被舒阔的衣裙遮得恰到好处，显藏自妙。黄昏时分，夕阳铺在水面，半江瑟瑟，半江红，她安静地坐在沙地上的木屋前。在海上，长达十年的战争掀起一层层巨涛。她听见了，却似乎并不关心。那是墨涅拉奥斯和帕里斯王子的悲喜剧，悲喜都是他们自己的事。

加缪《海伦的放逐》开篇即说："地中海的太阳带有某种悲剧色彩，和浓雾的悲剧不大相同。"他还说："如果希腊人知道绝望的话，他们总是透过美感与窒人的特质而得到。在那镀过金的灾难里，悲剧到达最高峰。"加缪有着出众的仪表和博识，执着地探究人在异己世界中的孤独，以及个人与自身的日益异化，揭示出世界荒诞的同时，却并不绝望和颓丧。面对现代化人生的虚无意义，他知其不可为而为之，主张在荒诞中奋起反抗，在绝望中坚持真理和正义。这样一个大无畏的精神导师，内心深处藏着亚麻一样单纯质朴的灵魂。

有人说，自从人类穿上衣裳，就有了"风化"一说；自从有了"风化"，就开始有人有伤风化。现代科技近乎光速的发展中，好不容易丰富起来的衣裳又逆向而为了。实用与审美之外，衣，由多层到单层、由多到少、由厚到薄，甚至以"薄、露、透"为目标，英勇无畏地发展下去。日常生活中，某些重要的仪式感丧失了，有的人甚至忽视了羞耻之心，衣大面积地消失，该包的地方露出来，该露的地方包起来，似乎穿衣裳不再是人类耻于裸体的结果，更像是穿衣裳产生了羞耻感。

倘若没有季节变更的需要，人们究竟要不要这多余的外衣了？

衣，被一层层剥去，“衣裳”渐渐沦落为“衣服”。可别小看这一字之差，甲骨文中“服”为会意字，以手按住某人低头向案，为“服从”“服侍”意。“衣裳”改为“衣服”，不只是简单的读音变化，更是内涵的根本性变异，衣的天然功能由“遮羞”变为“服从”或“服侍”。再后来，衣，剥离了最初的真朴，素美尽失，只成了一件外示的工具。有了人的不同，就有了衣的不同。人们为衣贴上繁多的标签，衣，自然也就成了人的标签。一幕幕以衣取人的闹剧频繁上演，越演越烈，衣服在外表光鲜，衣魂在深处哭泣。

万事万物难得适度，衣的适度就是心怀虔敬，保守羞恶之心。这是人之为人的自尊，也是内在灵魂得以外显的端庄仪式。有一件衣裳叫自尊，风入罗衣，那是素洁的自尊在吟唱。

将有花烂漫

雪来之时，我在窗前。我与雪，一窗之隔。

我在窗前，三日雪白。雪与我，只隔一窗。

一个念头萌动很久，雪未来之时就已绸缪，白衣胜雪，披嫣红的围巾，去看雪。绕过鳞次栉比的高楼大厦，去疏朗的树林，去荒芜的草坡，去空旷的北方田野，独自一人，行走在深冬的冷风里，吹面的寒，寒不了胜雪的暖。可是，整个冬天没有等到雪，只有风、沙、砾，裹挟而过，冷得刻骨。直到立春过后好一阵子，塞北的雪才铺天盖地地来了，天地因雪而安详。年年岁岁雪相似，岁岁看雪雪不同。站在安详的边缘，不伸手，不探雪，不涉入，盈盈浅笑，倾听雪落无声。

无声雪花，落地成墙，一壁葱茏，芳香而春。《尔雅》记："春者，天之和也。"篆书"春"字，上面是两棵小草，中间是一个"屯"字，下面是一个"日"字，寓意春天草生，由此表现万物复苏，草木逐日生长。草木生长的季节，塞北的春，远在春山外。风呼啸着，肆无忌惮地刮，尖利如哨，仿佛就在头顶，高过树木，高过高楼，高过三月阳春的诗意，就像赶着兑现一场季节的因果。

古代把“历史”叫作“春秋”。庄稼春生秋熟，“春生”相当于历史之因，“秋熟”则相当于历史之果；春去秋来，自然循环，就是一个物事因果的轮回，这样的因果循环就是历史。这种说法多少有点宿命的味道，似乎多少王朝更迭，就是播撒在大地上的一把粟粒，春种秋收。有的风调雨顺，按季成熟，瓜熟蒂落；有的违背自然，早熟早落，果实干瘪。无论哪一种，都是一场因果的起起落落。

浪漫的唐人以“春”为词头，呼唤出对美景的纯净爱意。他们呼“酒”为“春”，“酒杯”即“春杯”，“饭桌”即“春台”，“春酒”即“春酎”，仿佛亲切的呼唤一出声，一面春台正张，一坛春酒刚启，一杯春酒正浓，诗人们摘雪为盏，春夜饮春酒，杯杯为春了。

人生快意，何处更寻？

当然，人们对生命的安享远不止于酒，“春”字渐渐被赋予更多的浪漫情趣：“春山”乃女子眉黛，“春方”为“东方”，“春溟”即“东海”，“春路”指东方之路。种种春词，美不胜收；更有春风春潮、春光春晖、春耕春播、春菇春草、春花春茶、春饼春卷，如是等等，或描景观，或说农事，或拟万物，或言美食，诸般万象，盛装了百味春意。

春，教我如何不想你？

说到春，想起一个人：梁遇春。

梁遇春，喜欢这个名字。轻轻一张口，唇齿相依，抑扬顿挫，一脉春意流淌。或许，盼春、赏春、惜春、叹春，是难逃的梦魇，“遇春”则是一种古典的缘分。梁遇春，这是一个中国现代文学史上被忽略的角色，他的生平、创作，以及短短二十七年的生命，就像一把火，燃烧，乃至焚烧，火尽即灭。

梁遇春，就是一个率性而为的蹈火者。他在给徐志摩的悼文《吻火》中讲到一个吻火者，大概就是在说自己。他对火有着一种独特的迷恋，经常独自坐在火炉旁边，静静地凝视瞬息万变的火焰。火具有一种矛盾的性质，绚丽而迷人，短暂而危险。火的悲剧在于它注定要熄灭，故而它的燃烧有一种向死而生的悲壮。大概喜欢火的人，性格里也注定有这样美丽而危险的因素。梁遇春的生命就如一团跳动的火焰，即使只剩下一点残灰，仍然投入烈焰中，从容起舞。

梁遇春的散文，即使是观火，也是一种把自己燃烧进去的视角。在《观火》中，他这样说："我们的生活也该像火焰这样无拘无束，顺着自己的意志狂奔，才会有生气，有趣味。我们的精神真该如火焰一般地飘忽莫定，只受里面的热力的指挥，冲倒习俗、成见、道德种种的藩篱，一直恣意下去，任情飞舞，才会迸出火花，幻出五色的美焰。"也许，这就是他生的隐喻或宿命。大概他早已知道生命的火焰最终会熄灭，变成一堆灰烬，灰飞烟灭，所以，这场生的投入早早地就带上一抹悲壮。

蹈火者梁遇春，却以"秋心"为笔名，他烈焰如火的生命内核中，如何又包起一颗冰凉如水的秋心？也许每个人的心底都藏有一个悲怆而温柔的角落，容自己任性，水与火的缠绵，才是他冰火两重天的生命之魂。无论是风雨横来，无论是澄江一练，始终好像惦记着那花一般的家乡，水火缠绵，潺潺而流，为自己凉薄的生命之旅和拍。

有风的夜，想起梁遇春，想起他绚烂如火的生命，这清凉的春意，也暖了三分。隔窗看雪，雪一片片飘下来，如一地羽毛堆叠。干渴的深冬，我守候的那一个角落，大概就是素净的雪国，雪是宏大的背景，任我滂沱成水。雪，真的来了，我却立在窗内，隔窗看雪。无声的雪花里，藏着一首醉酒的诗：

绿蚁新醅酒，红泥小火炉。
晚来天欲雪，能饮一杯无？

古人待雪，意境葳蕤，浓淡相宜。一炉红火，一杯新酒，一场欲来的雪，一个相邀的知己。不盛大，不奢华，不强求，只以朴素的姿态，与你商约。你就，我幸；你不至，我亦安然。

现代文明早已冲淡了一些宁静、温馨和诗意，唯有这素洁的雪，不管喧嚣热闹，如期而至。我与窗外的雪，素净相守，不通一言而安然相生。其实，很想迎着雪的家门，顺风谒雪，抓一把雪花盈手，笑看天地安详，把自己笑成这个冬天的第一尊雪娃。但又敢想，不能为自己想，只困在三尺，不越半步，生怕有一点心思泛起，扰了雪的安宁。

阿尔伯德·哈伯德说："生命是借来的一段光阴。"一个活着的人，连生命都是借来的，那么，雪，你又何尝不是天地借我的一段光阴？何以涉入你的领地，将你轻佻占有？你这冬天素洁的注脚，我的心底长了草，但不毛，只想搭一座草房子，让你安居。

灯影朦胧，雪轻软得像婴儿，世界因之温润如初。树在雪里静默，枝上开满了雪花，树幸福得一夜不睡。青色的夜幕上，星子闪亮，它们是苍天的眼，白天睡去，晚上醒来。夜静之时，时间的流水充满了坠地的疼痛。那不是痛，那是雪的降生。其实，雪的前身，是一滴水，望着雪，若望过一整个世纪。

春夜清寒，天色如水，隐去了日月星辰，吸纳了万类声息，升腾着暗流涌动。立春之后，雨水沐大地，惊蛰醒万物，一地葱茏，拔节如雪。这是春的呼吸在迫近。明朝就是春分，紧跟着，清明、谷雨即至，北方的春，终究要破尘而来。

手捋红杏蕊

陕北黄土高原，风干土涩，缺水少色，似乎毫无江南小桥流水的美意。不过，一方水土养一方风貌，看似荒凉的塬、梁、峁、沟，甚至山旮旯里，总有些别样的风景给你惊喜。

塞上四月犹飞雪，但春景终究是盛大了，生命的原色在每一寸土地上萌发。柳在雪里绿，雪在柳梢翠，花儿在雪中红，柳绿花红之际，一场盛大的杏花雪就要绽放。天何言哉？四时行焉，百物生焉。天地无言，饱含深情，四季轮回，滋养万物。寒尽春来，悄悄安排好了百花待放，看似静寂之中孕育着蓬勃生机，只等那一声震撼天地的春雷。

一旦春雷乍响，便是万紫千红开遍。

春色方盈野，烂漫开山城。你很难想象连绵不断的梁峁上，大片大片的杏树，不管土地贫瘠，不管季节晚到，不管风沙肆虐，扎地成根，以天为室，一树又一树，蓬勃地生长着，在春盛时节，绽放出一场盛大的杏花雪。漫山遍野，杏花以朴实的姿、纯净的色、清明的香，恣意地开放着，一山一山地开，一峁一峁地开，开成浩瀚的花海。杏花各具情态，风姿万千：有的羞涩地打着朵儿，红灼灼的；有的刚刚从花苞里探出小脑袋张望着，小嘴儿粉嘟嘟的；有的绽放如十五满月，圆盈而明亮。

杏花是朴实的山野之花，自开自谢，你来或不来，有人赏或无人赏，似乎都与她们无关，也没有谁跑上山梁，去伤杏花的凋落。身处俗世，看惯了盆养小花，粉嫩嫩、红灼灼、黄艳艳、紫灿灿，想看什么就有什么。可惜这温室里的花儿，枝叶娇嫩，花期短暂，当你用心聆听花开的声音时，已难以抚慰花谢的落寞，赏花的心与花谢的心，总是迥然。

万物莫不适性，天地四时的瞬息变化，自然万物的生死消长，就是生命的见证与人生的比照。杏花自持奔放的意象，正如朴实素净的陕北女子，不似桃花艳丽，不似寒梅清洁，却格外淳朴安宁，自守着女子当有的本分。与其钦羡世俗花朵的繁盛，莫如做一枚山野杏树，把根脉扎在大地上，青青果叶，等待变黄、成熟。

人如花，花亦如人，大概只有品性清婉的人，才会喜欢素净温润的杏花。这似乎正应和了做人的某种意境。一个人的成长不是群体的喧腾，而是孤独的吟唱，但多元分化的时代，环境似乎正在改变传统的做人格局，人们遭遇到越来越复杂的生活境遇。做人与生存状态、个人利益和商业市场的联系越来越紧密，一旦不慎，就会陷入理想与现实的纠结。一个真正成熟的人必须要有安静独立的思考空间，在别人不经意的地方生长出美善的心性和精神，并借以引导他人。

大概这就是对自己、对他人、对天地万类的温暖善待。

杏花是杏子的前世，也是多情诗人笔底的烂漫情意，温柔着古典的华美。南唐词人冯延巳有一阕《谒金门》：

风乍起，吹皱一池春水。闲引鸳鸯香径里，手挼红杏蕊。斗鸭阑干独倚，碧玉搔头斜坠。终日望君君不至，举头闻鹊喜。

春水逸，杏花飞，素净女子，一袭白衣，独倚阑干，玉搔斜坠，手挼红杏蕊。春水一池，鸳鸯嬉戏，鸭鹊欢叫，自己却孤单寂寞，无人怜惜。花儿开了，又要落了，君却不曾归。

这阕词意象婉约，情意缱绻，桃花红，杏花白，女子痴情守候的红润与憔悴，尽在其中。相思甚苦，相思之诗却传唱千年，千年之后，清风微冷，夜凉如水，疏影淡香，一如当初。倘若有情之人，在这月满之夜，相约杏花疏影，一管清音，吹笛到天明，当是多么浪漫的人生快意！

染绿的声音

被一阵阵鸟鸣唤醒，晨曦透过白麻纸照进窑洞。人被嫩黄柔软的光色包裹着，仿佛一个梦还未做完。昼色空蒙，草木和鸟儿轻轻私语，我听到天地的唇语，或者耳语。在天籁中醒来，是一件多么清逸的事。这声音清脆、婉转，喧腾地呼唤着你，对季节的迟钝也被唤醒，舒展身体性灵，才真正觉得春天来了。

轻嗅着绿色的声音，欣欣然，去看鸟儿。布谷、麻雀、燕子、喜鹊，以及叫不出名的小鸟，树林中、草丛里、屋檐下，飞旋、做窝、生子，一点儿也不拘束，一点儿也不掖着，一点儿也不害羞，一点儿也不怕生。鸟群栖息在树上，藏身棕褐色的枝丫间，只听得鸣叫，却无法捕捉到身影。待你靠近去看，它们却倏地飞走了，停歇在另一棵树上。鸟儿三五只不等，聚成一个群落，又一个群落，像是一家人，又一家人。它们欢欣、热闹、喧腾，叫融了冰雪，叫暖了冷风，叫活了树干，叫出了新芽。这些乖巧的精灵，是乡村世界里迷人的宝贝。

树，是鸟儿日落夜息的依托，也是它们一声声叫出的春天。

在乡村，唤你醒来的不只有鸟儿，还有富有乐感的辘轳声。一清早，每一眼水井旁都是热闹的地方。村民们趁早挑水，却并不着急，悠闲地走着、聚着、说着，你一言，我一语。他们不像住在鸽子窝里的城中人，不知对门邻居姓甚名谁，甚至老死不相往来。

这样融洽和善的拉家常，往往会持续很长时间，你走了，他来了，井边人不断，辘轳声不断。辘轳一圈一圈地转，一轮一轮地响，伴着清凌凌的水声，被高远的天空吸纳了。聚上大半个早晨，大伙才散了，各回各家，扁担晃悠悠的，挑着寻常日子的欢喜和甜蜜。有时，还会飘来一腔悠长的信天游，和着不紧不慢的步子，渐渐消失在土路尽头。

独留我，站在空荡荡的井台旁，看着井底一波一波的清水发愣。

难说生命意趣何为大小、何为尊卑，他们就这样宽厚包容、真实率性地活着，想说就说，想唱就唱，活出真性情。这不是没有理性？这本来就是天性，是生存冲动的质朴外显。滔滔的黄河水不干，他们的幸福就不枯，湿漉漉地挂在田间地头，挂在枣林树梢。

沉在井底的思绪，被“咩咩”的叫声唤起。

这是一个山羊家族，主人很细心，一圈栅栏，高低适当，疏密有致；顶上搭起木棚，盖着防雨布；地上铺着松软黄土，打扫得干干净净。几只小羊羔，洁白如云，摸上去，皮毛柔软得像羽绒。我微笑着与它们对视，以指尖儿为脉，吸纳这洁白的祝福。它看着我，小巧的嘴巴轻轻含住我的手指，眼睛纯净，像初生的婴儿。爱默生说：“婴儿期是永生的救主，为了诱使堕落的人类重返天国，它不断地重新来到人类的怀抱。”古人以羊大为美，其实，羊不只美在硕大，也美在良善温顺的天性。

栅栏边堆放着草料，多是被砸碎的植物茎秆，干巴巴的。没有青草的季节，母羊只能吃这干涩的柴草，滋养生命，哺育孩儿。小羊双膝齐跪，含着乳头，发出低低的嘟囔，眼睛望着母羊。母羊倾着身子，尽可能让乳儿吃得舒服。母子同乐，幸福得“咩咩”叫着。

万类同性，我确定那是幸福的声音。小时读古文，读到“羊跪受乳”，不甚解意，今日亲见，方知晓其中深意。羊羔羔吃奶眼望着妈，“咩咩”之声彼此应答，那是母亲在呼唤孩儿，也是乳儿在回应母亲。

我站在栅栏外发呆，不忍打扰它们。

终有另一种声音打扰到我，那是远近相闻的鸡犬声。村落很大，鸡犬相闻，此起彼伏，点透宁静。这里的狗温驯和善，做了老人和孩童的玩伴儿。这里的鸡不吃饲料，白天吃食，夜晚睡觉，不像圈养在厂棚里的鸡，不分日夜，被日光灯照着，不停地吃食，不停地长大，不分雌雄，不用孵卵，只作为一块肉，三个月即被宰割，供人果腹。

黄河滩上，一片又一片枣树林是农人精心侍弄的孩子。春来之时，枣树应和着一声声鸡鸣，就要发芽了。丰子恺先生有幅漫画，题为《冬日的同乐》。素淡的画面上，一个老翁坐在门前，双手捅在棉衣袖里，一顶棉帽，几缕胡须，满脸慈善；孙儿依偎身旁，端着小盆，盛些粟粒；鸡妈妈招呼一群小鸡吃食，一只公鸡在近旁看护；一只猫蹲着，一只狗卧着。整幅画不着一字，阳光满溢，人畜同处，暖于冷冬。如今，大概唯有乡村尚能见到这温暖的人间世相，给村子添了些古味。

乡村之夜，清风拂耳，草木微香，宁静得让人想哭。黑的夜，才是真正的夜，雏鸡睡了，虫鸣起了，偶尔有几声犬吠，划开透明的宁静。谁家小孩儿夜啼，一盏灯悄悄亮起，做了夜宽容明亮的眼睛。你能想象出每一盏灯下的亲切热闹，整个村子却和谐安宁。

老家的老屋里，炉火正旺，一家人围坐在热炕头，炉膛里放满红薯。奶奶一边翻搅着，一边絮絮叨叨，复述着她当年初嫁之事。我把自己紧紧包裹在大花棉被子里，嗅着烤红薯的香，听奶奶讲那些遥远的故事。天地入眠，万籁有声，这淳朴的天然之声，被原汁原味的绿色染过，染绿了天，染绿了地，染绿了村庄的角角落落，也染绿了每一颗游子心。

鲁院是一个院子

鲁院是一个院子。很多人这样说，我也是。

这个院子，是我想要的意境。抵京数日，忘记了北京，忘怀了比这小院更大的都城，只守着这一个院子。潜意识里，鲁院与京都已然隔绝。当然，无须分出孰大孰小、孰高孰低，它们只是不同神貌、不同质地、不同品性的风物，一为繁华，一为风雅。

风雅，也许唯有这个词，才贴近这个院子的人文气息。

现代文学馆南门口，那尊褐色雕塑，铁铸冷面，一抹胡须，两道横眉，刚毅勃发，冷峻热切。这是独属鲁迅先生的生命风雅，深藏了一个时代的诸般尴尬，凝聚着一个民族的不屈风骨。身处黑暗现实，面对愚弱国民，他心悬天下，一腔忧愤，一半冷峻，一半热切。当你艰难行进在漫漫人生路，每每颓废想要放弃的时候，只一转身，就会看见他站在身后，须发直竖，温和而笑。早些年不懂，觉得他孤独，后来才知道自己错了。

梅林深处，指点江山的是顾毓琇。这位现代文学史上杰出的文理大师，学贯中西，博古通今，集教育家、科学家、戏剧家、音乐家、诗人、佛家于一身，一生传奇，万世风雅。巴金背手而立，低头沉思，他笔走春秋，风雾雨电，随想、探索、说真话，讲述着一个家族的兴衰，引导着一群子民的叛逃，沉思了一个时代的悲悯，沉淀为“二十世纪中国文学的良心”，这是旁人难以企及的风雅。

一块温凉的石头上，艾青指燃香烟，默然独坐。他噙着热泪爱了一生大地，如今终于可以安坐青石，闲适畅意。寡言安静的沈从文很内敛，没有突兀地表现自己，几缕发丝，一双眼睛，清洁的水性，温润着石头的坚硬，这浮雕的简洁意味，正应和了沈从文清淡的一生。清水荷塘之畔，朱自清一席长袍，一怀宁静，端坐水上，守着他的月下荷塘；明亮的清水与三月的草木清香一起氤氲，浮奏出小提琴曲，通感为先生“自清”的文人风雅。

独立梅林、风神潇洒的是邹韬奋。这位中国卓越的新闻记者、政论家、出版家，就站在我寝室的窗前，手中书卷，从未放下。只要站在房内，不论哪个角度，第一眼看到的都是他。这是每日必做的功课。

小径上欣然而行的是赵树理老先生，他手牵毛驴，满脸喜悦；小毛驴托着的，是小琴、是女儿，是女性、是母亲、是大地。他依傍黄土，只耕一亩田，干干净净的纸上田地，一个字一个字地播种，若一个老农，一个山药一个山药地刨挖，挖出寻常人世的辛苦与幸福。

竹林中，郭沫若仰天放歌，他不会再喊把太阳吃了、把月亮吃了，而是安享着现世的阳光，做了一回竹林贤子。茅盾风雅依旧，一袭长衣，展尽民国风度，往事如波，子夜长吟，此等风雅，几人能及？一张长椅上，老舍、叶圣陶相距而坐，曹禺独立背后，三分格局，一体融合，各美其美，美人之美，美美与共。这是生活情境与文学艺术相融兼美的风雅，外人可以靠近，无法涉入。

大师们不言，我亦不言。只有草木开始说话，说有关春天的故事，或者不是故事的小说。不管是端立的树，还是匍匐的草，空气里轻传着它们的私语。白桦说着北方，松柏说着春风，银杏说着白果，玉兰说着洁白，青草说着葱茏；梅则敛着气度，一树枝丫，风骨潇洒。

荷塘水畔，一脉暖意正从水底冉冉而升，各种树木在发芽、鼓包、吐蕊，过不了多久，叶子就要舒展，花儿就要开放。或许，这些草木就如大师们风雅的灵魂，他们生活的时代已然过去，他们遗留的风雅刚刚开始，一岁一枯荣，不，只荣，不枯。

这个院子的辽阔与丰硕，绝不是苍白的文字所能表达，“继承、创新、担当、超越”，这些独属鲁院的词语，扎根在每一寸土地上，像草木一样生长。作为一个写作者，我不是一个固守原地的人，我想要的大概就是良善，又不止于良善。其实，善恶只在一念间，“善”以吉祥的光芒朗照人间，“恶”则是被封闭、被禁锢的黑暗所在。甲骨文“亚”是古代织布机上卷布部分的象形，一层又一层布紧紧裹过来，一层又一层黑暗也紧紧袭来。“亚”和“心”结合，表示“心被禁锢”。所以，恶的人是可怜的，远不如善的人安宁。

我宁愿相信，人人都是善恶等身的凡人，但一个真正的好人就在于他能够扬善抑恶，借真善之口说话，说人话，说活着的人话。如此，他就是良善的、坦荡的、明朗的、吉祥的。写作不只是个体生命的自觉，每一个拥有自省与担当的作家，都应该更多地关注社会、关爱生命，弘扬真善美，呼唤生命良知，敬畏人性尊严，珍惜自然万类。

古人闲着熏香、品茗、听雨、赏雪、寻幽、莳花、抚琴、酌酒、待月，今人则忙着扎堆儿、奔走、炫耀、争夺。其实，人不是靠一身行头来证明自己，而是向内修炼，成为一个真正的人。在鲁院的院子里，我所要做的就是放空自己，回到原点，沉下心来，不为纷扰所扰，认清眼底的江山，把住脚下的步骤，不为追逐繁华，只为安生性灵。

倾听草木的呼吸

烟花三月，没有下扬州，只有一路北上，抵达在北京的鲁迅文学院。

京都的繁华很远，郊野也很远，但草木很近，万木勃发，花树在眼。人间草木有清香，容易被人忽略的是草木有呼吸。一个人，走遍院子的每一个角落，安静极了，听得见阳光落地的声音。沐浴在青蓝色的光里，某些不可名状的情绪被过滤、被洗净，身体与灵魂如泉水一样清透。

这个院子，就是一个世界，这么小，也这么大。

轻轻踏在大地上，一步一步，踏稳了走，放慢了走。每一棵草木都在春阳中舒缓呼吸。我看见神的目光，隐在树林、云端、风里，默然注视，寂静观照。他给予草木父亲一样的深爱。万物有灵，一岁一枯荣，枯者自枯，荣者自荣，一个看不见的自洁体系，四季轮回。我相信，那就是神的目光，无时不在，无处不在。在他观照的世界里，每一种生命都有尊严，平等相待，彼此养护。我时时搜寻他的目光，不用眼睛，用耳朵、用手、用心，倾听草木的呼吸与语言，触摸草木的光泽。

小院花欲燃，“燃”的不只是梅的艳红，更是一种奔放热烈的开放姿态。梅种类很多，丰厚梅花、淡丰厚梅花、杏燕梅花、白蝴蝶梅花、垂枝梅花、腹瓣梅花等，以前从未见过。不言其他，单听名字就已是绝代天香。这梅的名字真是好，梅是贴近女子的花，以梅为名，是梅的幸，也是人的幸。花人两相映，自然才美，生物才活，人类才安生。

悄悄靠近一棵玉兰树，看看她，也让她看看我。

玉兰花大雅大俗的美，惊艳满树。这是一种古老的花，也是贴近生命气息的花，开时极盛，谢时决绝，有一种清绝的孤勇与优雅。屈子“朝饮木兰之坠露兮，夕餐秋菊之落英”将玉兰推向春秋，一个时代的干净与芜杂，被一朵兰尽数吸纳。

玉兰的香是清香，清露芳尘，无药味；玉兰的花是柔软的，即使落地，踩上去也不是脆的。我捡拾几片花瓣，摊在手心，默然对视，想听懂她干干净净的语言。唐人言“晨夕目赏白玉兰，暮年老区乃春时”，若女性晨夕赏阅玉兰，嗅其芳香，可保人老心童。其实，这不是歌者妄言，若以本真之心感受，诗吟出来了，春也留住了。

花树之外，是荷塘水畔的两株垂柳，嫩黄的颜色已泛出春暖的绿，像正在成长的少年，每一日都在变化，柳烟、柳色、嫩黄、嫩绿、黄绿，而今已是蓬蓬勃勃的葱绿了。她们在水边相依，在水里拥抱，穿树而过的风，是她们亲切的呢喃吗？

花燃柳卧，一边花谢，一处柳绿，一水相依，两样风物，花儿的殷红与嫩柳的青色，水汽一样氤氲。还有荷塘和竹林，等到天再暖一些，等到夏天来了，荷花会开，竹子也会青葱。林清玄在《花燃柳卧》中说：“如果说荷花是一首惊艳的诗，柳树就好像诗里最悠长的一个短句，给秋天做了很好的结论。”先生借花柳言说事理，一“燃”一“卧”，摹其各异风姿，突出彼此的默然衬托。无意褒扬谁，也无意贬斥谁。花柳为木，树生盎然，不伤花谢，不羡柳青，才能保持朴素真诚的生命风度。

鸟儿也不甘寂寞，它们在看得见或看不见的地方鸣叫，叫出三月的小欢喜。我懊恼楼太高、树太低，伸长了耳朵，用眼睛聆听。每每被鸟鸣诱惑，离开书桌，雀跃下楼，生长在土地上的欢腾立刻把我包裹。

夕阳泼洒进来，柔和宁静的光轻轻笼罩着院子的安宁，外物难侵。我在这世界里渐渐欢喜，散着长发，往深处而去，风不冷，只是远，远得吹不来暖，也带不走寒。这是自然常态，也是人间常态。这个春天，繁华落尽的背景上，我又看到生命的沧桑。这沧桑活着，活在树上，也活在树外，活在每一朵落蕊的香里。

在微观的世界里，事物有自身的可逆性，但在宏观世界里，任何事物都没有可逆性。这是科学与现实的悖逆，在这个质量与能量守恒的社会里，人类唯一可以选择的能力，就是让自己成为一个道德主体，为自己选择的行为负责。我不是花，也不是树，行走在草木间，时常看见自己的灵魂干干净净。

鲁院，这是一个相生共荣的院子，花树、鸟鸣、沉默的大师们，彼此相安。暮春之际，玉兰轻轻地为三月画了一个花朵的句号，又轻轻地带了一下，带出一抹一抹的绿，绿起人间四月天。三月如桃花一样，红灼灼的，缤纷惹人；四月则似青柳，绿葱葱的，教人如何不喜欢？这是小院的福气，也是我安居在小院的福气。仓促的红尘之外，我愿自己也是这里的草木和鸟鸣，生长在三月的土地上，每天发出一节一节向上的声音，哪怕一点点；同时，沉下心来，与别的生灵滋生互助，护好自己和他人的心，让生命安立，让世界安生。

这是三月草木告诉我的。

人如何住得比鸟儿高

这是三边七月的清晨，小鸟醒得很早，它们是这个时刻欢腾如潮的主人。薄薄的晨曦透过浓密的枝叶，过滤了叽叽喳喳的喧嚣，清明悦耳。钢筋水泥砌成的高度，终究没有高过扎地生根的白杨。垂柳攀上偌大的玻璃窗，与葱茏的爬山虎牵挽在一起。浓浓的绿意漫进来，漫进来，鸟鸣也随之漫进来，放肆而诱人。

窗内的人有些自惭了。一窗绿色，满室盈香，隔着透明的玻璃，看树、听鸟，看似近在眼前，存在感却那么遥远。人坐在窗内看树，树站在原地看鸟儿；鸟儿高居树上看人，人被看得有些局促不安。很多时候，人是无知、无能且无觉的，不如鸟，不如树。

杨树是阳刚的，这是父性的树，笔直的主干直冲云霄，毫不在意那些旁逸斜出的枝干会干扰到他高大雄阔的向度。他敞开胸膛，吸纳空气、水分，自顾自地向上，再向上。人要多看看白杨，这树的另一种生命姿态，可以扶起人心失重的天平。

柳树是阴柔的，这是母性的树，只要有一点点水分，就能任性生长，繁衍生息，一片又一片地绿过去。她从不嫌弃任何一寸贫瘠的土地，水畔、山谷、梁峁，扎地生根，依序而长。自然之手千年不倦地雕刻着，拙朴的枝干盘曲着岁月风霜，成就了老柳独有的粗犷之美。一棵棵柳树，苍褐色的老树皮布满沧桑，如一张张饱经风霜的脸，尤其是砍头柳，砍树的人真狠心，甚至连主干也不留，齐刷刷地砍掉一家兄弟，只留下光秃秃的树桩子冲天而立。但不管被砍了多少次，粗壮的老根依然扎根大地，托举着数根杆子。待明朝，春风拂过，一茬新枝又冒出绿意，只不过几个春秋，又是数条好汉。

杨柳是陕北土地上随处可活的常见树种，它们不结果，只长干，做了房梁、椽子、门窗。每一棵杨柳都是村庄的一部分，是村庄的子民，多一棵或少一棵，只要顺意生长，就刚刚好。它们从不选择自己的领地，路畔水旁，宅前屋后，凡是能扎根的地方，只要有一点儿空隙，就拔地而起，葱茏出一片清明。

石头的村庄有木质的底子，这是陕北农村体面的文明脸皮。

树从来都缄默不言，人却不能这样忍耐和收敛，不断地叫嚣着、争抢着，肆无忌惮地盘剥、掠夺、占有，很难以接纳的姿态与他人、与万物相伴相生，且总会在某些场合得意忘形。一个人如果想在群体中凸显自己，就会忘乎所以，使尽浑身解数，甚至毫无顾忌，比如放肆尖叫，比如忸怩作态，比如像野鸡一样翘起尾巴。人尽其所能，不惜丢丑，只为将有形的自己无限放大。其实，这样丑陋的演技，对自身和他人均毫无益处，只能将光鲜外表下包藏着的恶俗和卑劣暴露无遗。

其实，我们多么需要学做一棵树，把根深扎，将风霜雨雪的生命烙印留给年轮。可惜，有的人如风，有的人如云，风选择逃遁，云选择漂泊，没有谁像树一样站在原地，从不移位。

倘若你从树的身旁走过，不经意间就会看见沧桑树干上留有很多疤痕，像是树的眼。一棵棵小树苗，被勤劳的双手种植，浇水、施肥、看护，长大的过程里，风霜雨雪似剑，留给树身大大小小的伤疤，见证了树的成长，也望向树的明天。每一个暗夜，树睡着了，这些伤疤醒着，如眼睛，看护着睡熟的树，也等待蓬勃的日出，等待又一轮生命成长。

鸟儿选择在高大茂盛的树上栖息，刚刚好，好在树的高度刚够鸟的翅膀所向，好在鸟的翅膀刚好飞上树的高度。老家的村子中央有一棵硕大的老榆树，每天傍晚，成群结队的鸟儿以极快的速度从四面八方飞向老树，聚在一起，叽叽喳喳，诉说着独属它们的情话，整个村子充满了悦耳之声。这样的群体对话会持续很久，直到夜色完全暗下来，才渐渐停息。你可以想象，枝干上、叶丛中，鸟儿密密麻麻地睡去，你守着它，它守着你，那是怎样温暖幸福的意境。待明朝，又各自分成小家，远行、觅食、戏玩，不管多远都要回来，在老树的枝头安睡。鸟儿是老树有声有色的孩子，老树是它们集体回归的家园。

鸟倦飞尚且知还，何况人乎？

古典的黄昏，我站在坚硬的三丈高度，俯视树和树上的鸟儿，羞愧得低下头——人如何住得比鸟儿高？人类从地穴、岩洞中走出来，站在阳光下，踩着钢筋水泥的冷硬，将高于自己的树远远地踏在脚底。人终于离开地面，离开了草木、鸟兽、虫鱼。没有翅膀的人，终于住得比鸟高了，临空飞翔，不是为抵达，而是炫耀、傲视、称雄，发出冷漠的大笑。不安分的人似乎再也回不去了，被裹挟着往前奔。一个季节丢失另一个季节，一个驿站丢失另一个驿站，高扬的风迅速抹去一切痕迹。

多年以后，人会不会如困兽，回望他们曾经拥有的领地和族群，眼底掠过苍凉和懊悔？不管何时何地，不管人在哪里，自始至终，树站在原地，鸟栖于树上，彼此安生，一如当初。

她是隐身万类的光华

鲁院的季节就是植物的季节。三月桃夭，玉兰开了；四月秀葽，梅花谢了；五月条桑，桑葚甜了；六月鸣蜩，荷花开了；七月流云，梅子落尽。万类的动与静，经营了这个院子的灵性。鲁院是一个院子，鲁院也不只是一个院子，它更是一种气场，或者说是一个植物场、一个自然场，文学、人性、良善，如草木一样生长，每一个角落都活泼泼的。

李万华是开在鲁院的一朵格桑花，清瘦，却坚毅。她是隐身万类的光华，不显，自华。生命如水，灵魂在冰上行走，一个人能够体面地活着，骄傲地活着，不是因其身份地位的高贵，而是拥有一颗洁净的灵魂。李万华是一个有灵魂的人，她不只端庄着清瘦的身体，也舍弃累赘，清瘦灵魂，外物于她，只是视而不见、充耳不闻的喧嚣与芜杂。她安静素宁、恬淡从容，从不骄矜傲慢，而是恪守尊严、内化灵魂、不着修饰、自成气场。

李万华是有骨性的，水深不响，人静少言。她始终微笑着，包容纷扰，过滤杂尘，不惊扰任何人，也不会在任何场合哗众取宠，悄悄地经营着自我空间与自然世界的交融体悟。她身在任何一个场，又游离于任何一个场之外，既有近距离的深入和体察，又有远隔的观照和审视，超然出尘，俯瞰众相。她是善良而多情的介入者和深爱者，也是冷静而清醒的观望者和书写者；她敏锐的触须延伸到视目所及的任何领域，又会在某个瞬间倏地惊悚、收回，这不是逃遁，是自我保护，也是自然守卫。她看似温和，实则端庄严谨，接纳着纷至沓来的生命信息，也屏蔽着横空而过的世俗浮尘，忍着疼痛，过滤自己，如一脉流水般清寂。

岁月如水，人在水上，李万华的文字有散文的大气象，也有小说的大悲悯。无论背景的烘托渲染、事件的细节推进、人物的神态风貌，文字清静而勃然，无不有小说的风味："一个镜头移动着，一段废弃的铁路在荒草中延伸，一匹马躺下来，四蹄伸开，仿佛一朵黑色的花。草地上坐着的年轻母亲，看见老去的自己牵着年幼的自己……"我小声对她说："万华，你写小说吧。"彼时，她正坐在我的寝室504房间，夕照轻笼，她微笑着，一脸祥和，看着我，轻轻摇头。一缕头发从额前散下来，细密而柔顺，这柔顺又是多么执拗而执着啊。

李万华是属于散文的，不是小说不好，也不是她离小说远了，而是小说的某种意境离她还远。万华创作散文的持久和耐力，源自她的从容、淡定和安详。任何时候，任何场合，我都能在她清瘦的脸上看到祥和。这祥和笼着她的眼目、鼻子、嘴唇，弥散出一种与她的年龄极不相符的母性慈爱。我每每恍惚，在她深深浅浅的微笑里看到母亲的影子。她的包容、素宁、无欲，无疑就是母性的，如大地的万华，不只是隐身万类的光华，或者可以说，大地万类都是她的孩子。她母性的目光，停留在树木、草芥、野花及各种小动物身上。她几乎能说出脚步走过的每一株草木的种类、名字、性情，甚至叶子的细微差别。在她喜悦而怜惜的目光中，我读到一个自然女儿敏感疼痛的悲悯和护爱。

李万华从容不迫，不喜欢大张旗鼓、大肆渲染，不喜欢在任何一个场里做主角，也不愿装模作样做所谓的能者大家，但太阳是公平的，普照大地，任谁躲在角落，都能照得到。躲在角落的万华，不突出，也不寂寞。她以自己的方式，记录着《时光的 N 种方式》："在自己的家乡，谁会将自己凌驾于万物之上，即使他们在那里度过的时间少而又少？他们总会低下身子，与最细小的，哪怕是一寸微光，一缕似有似无的晚风合起来，他们几乎就是一株会微笑的树木。他们可以葱茏，也可以凋零，甚至可以有短暂的停顿，但他们始终与季节和天空融为一体。在那里，他们的沉默多于说笑。即便如此，他们依然身心安宁，感觉踏实。"她是青藏高原的女儿，她深爱着那片土地、那里的人、那里的草木，也把自己俯成一株草。

人之相遇、相与、相知，如光的穿透，是上帝的旨意。上帝的安排，人当以本分尽之。有时候，上帝就是上帝，有时候，上帝是我们自己。这世上有许多人，每个人都来自不同的空间，血统不一样，在那么多人中间，找一个可以说话的人，很难。李万华，是我在鲁院相逢的亲人，我们吸纳着彼此的生命信号，如吸纳空气、水分、阳光，无声无息，悄悄滋养。这是我们亲近的理由，也是我们从容的欢喜。

叶芝有一句诗："她劝我们从容相爱，如叶生树梢；她劝我们从容生活，如草生堤堰。"在鲁院，大师们不言，我们亦不言，但相遇甚欢也会傻笑着说痴了去。我和万华说植物的形态与品性，说行走的惬意与恣肆，说成长的自立与坚韧，说生命的感动与珍惜，说人性的真纯与美善，说女性隐秘不宣的富有与明艳，说散文的耐心与坚守，说文字的境界就是人品的境界……她是我在鲁院时光里的温暖相伴，是我与另一个自己的倾心对话。我们一起听音乐、聊天、发呆，光线从玻璃窗漫进来，穿透尘埃，彼此收获了写作之外太多的喜悦和幸福。

可这幸福终究要告一段落。雾霾充塞的北京，居然在离别的日子里每一天都那么晴朗，晴朗到让人感觉不真实。这不真实来自内心的恐慌。

万华从没有过这样的恐慌，她安居 506 室，读书、写字、听风吹过，看窗外的云、树、鸟，看一只猫咪悄然跃上墙头。她始终微笑着，安静地做着一件又一件本分的事。她在《海东时报》开了专栏“西窗借月”，巴赫、肖邦、莫扎特、贝多芬、德彪西、勃拉姆斯、柴可夫斯基……这些灵魂的亲人，栖息在她的文字里，月过处，青草葳蕤。我想，“西窗借月”是她自己的取意，并不将专栏内容设定为某个系列话题，而是依西窗借明月，看到什么想到什么，就写下什么，以此喂养自己的灵魂。有时，我俩会去院子里走走，看看那些植物。这个习惯似乎与呼吸一起融入身体的各个细胞，无须发出指令，脚步自然而然地被小路牵引，前面正是春深处。

春深处，李万华端庄而立，站在高原上迎风，以文字放牧灵魂。高原的冬来得激烈，来得迅猛，也来得虚空。你似乎无法够着他呼啸而过的庞大身躯，只听得横空林间，如孤鸿长鸣。李万华是风眷恋的孩子，内敛低调，不事张扬，很多人不知晓她，但她的散文有小心思，更有大气象：第一部文集《金色河谷》获第二届青海文学奖。第二部《焰火息壤·柳湾彩陶》讲述时间和空间的变化与转换中，柳湾彩陶发生的故事，渗透着关于彩陶的历史演化和文化内涵。她这样说：“从半山类型到马厂类型，从马厂类型到齐家文化，再到辛店文化，彩陶文明经历的，几乎是一条穿越四季的抛物线。而四季终会与另一个四季相连，它们彼此从没有怨言。”第三部《西风消息》记录了青藏高原物候与节气方面的内容，这“西风消息”，于她是绵密入微的生命消息，于他人则是纷扰红尘中的一剂清心良药。

西风正紧，春要来了。李万华，还是那个将目光投注在大地万类的清瘦女儿，她隐身于繁华世俗的背后，借着西风，传递高原的春消息。或许，这高原上清凉而温厚的女子，就是西风，就是春消息。

柳树是低着头长高的

水畔的柳大肆渲染地绿了，丝绦万条，地上彼此相依，水里秘密牵挽。穿树而过的风听到了她们亲切的呢喃，害羞了，悄悄避开。坐在青柳的光影中，水是绿的，光是绿的，睁眼闭眼都是绿的，凡尘倦意，生命重负，轻飘飘地，被清明的绿洗透。

柳树是谦逊低调的树，总是低着头，一副谦谦姿态，显露出女性才有的虔诚和自尊。唯其如此，她才能长向高处，从更高处垂下万条绿丝绦。在陕北的大地上，随处可见一株又一株青柳。她从不突兀地表现自己，只站在同伴身旁，与她们一起，低着头长高。

初识柳，是在外婆的山村。一条小河缓缓流过，溪底铺些光滑的小石子，水边长着嫩嫩的水草。两岸长有很多垂柳，村子里整个春天都是绿葱葱的。这只是目光所及的蓬勃，更有清亮婉转的柳笛声响彻晨昏。似乎这柳笛也是母性的，笛声走过的地方，每一寸土地上都长出了她的孩子，活泼泼地从土里钻出来，绿油油的，站在阳光下，对着你笑。若是夜晚，清笛仿佛长了翅膀，穿越夜空，穿透一颗又一颗明亮的星子，划向浩渺天宇。

这天籁的创作者是村庄里的小男孩。他们挑拣直溜溜、长节少的柳条，手指肚轻轻地扭，扭着扭着，嫩绿的柳皮就滑溜溜地蜕下来了，剪成两三寸长，自制成一管柳笛，美其名曰“柳哨”。他们轻轻含着，一边吹笛，一边玩儿，走到哪里，哨音就响到哪里；哨音响到哪里，小女孩就忙不迭地跟到哪里，她们央求着，撒着娇要，得到了，却吹不响，嘴巴鼓鼓的，柳哨一点儿也不听话。

外婆把我从沮丧中拉回来，一手顺着我的头发，一手指着满树柔柳，微笑着说：“你看，柳树是低着头长高的。燕子再长高些，就会吹柳哨儿了。”外婆是我童年的生命阳光，她帮我把对外界事物过分关注的目光收回来，回到内在。我十二岁的时候，外婆走了，她的坟头，青草长了枯，枯了长，从未歇息，就像外婆劳作的一生。也许她就这样永生了。多少年来，我时时怀念那个小山村，一颗童心曾被葳蕤成青草的模样。

之后岁月，年年春来，年年柳青，却再没有清亮的哨音了。

“柳树是低着头长高的”，这是外婆给我的朴素箴言。她似乎永远微笑着，恬静从容，慈祥的脸上泛着柔和的光，仿佛这个世界上所有的事都不会让她慌乱。她平静地爱着每一个人，平静地做着每一件事，从不多说一句话，却让人感觉到一种无法抗拒的严慈。她给了我足够的阳光和空气，让我明白生命的意义在于顺应自然，在于生生不息，在于低着头逐步认识这个世界。

音乐人浮克说：“有时简直情愿像一棵树那样活着，不喊不叫，所有的情绪也只是叶子动一下。四季从身边正常经过，风来了，身子摇两下，风去了，就静静地沉默。”我不是树，却愿意像树一样站在大地上，在有限的生命维度蓬勃生长。之前总想成为一棵向阳的树，某时才惊觉，或许自己只是一棵临水的柳树，倒垂着，把影子投射在水里，亲人、知交、朋友都是滋养我成长的水分。

其实，走过生命的过程，就是彼此相依、接纳、渗透的过程。一个人就如一棵柳树，春来了，散枝长叶，生机勃勃，垂下万条绿丝绦；夏来了，枝繁叶茂，绿意葱茏；秋过了，你得选一个日子，认真清扫经年的落叶；待明年春来，又会散开满树清明，地下牵挽，天上相依。

爱因斯坦狭义相对论引出一个古怪效果——尺缩钟慢。在不同参照系的人看来，尺子的长度是不一样的，运动的尺子比在静止时短，即尺缩；运动的钟要慢一点，即钟慢。尺缩钟慢，绝不是外力作用造成的，而是由参照系本身造成的。任何物体，只有在自己的体系内才有绝对性，而相对于其他各个体系，尺寸不是该尺寸，体积不是该体积，时间不是该时间。对于不同体系的尺寸和时间，谁也做不了裁判。那么，放慢脚步，沉下心来，让我们的尺子短一点吧，让我们的时间慢一点吧，像柳树一样，扎根大地，随处可活，低着头，慢慢长高。

这个春天，花儿的殷红与嫩柳的青色，水烟一样弥漫，坐在氤氲的云气上，仿佛自己也花红柳绿了。生命如蝉，薄如蝉翼，不由你不呵护。我在风中默立，辞别薄如蝉翼的过往，望向薄如蝉翼的未来。

当夜暗下来的时候，世界变成一间房子，静谧清寂。我在这屋子里端坐，细数渐次明亮的星子。外婆说，地上有多少人，天上就有多少颗星星；地上少了一个人，天上的星星就会落一颗；地上的人像天上的星星一样，没有谁扶着托着，也能好好地挂着。

第三辑　北堂有萱

北堂有萱，可以忘忧。明代沈周曾作《怀萱图》赠予友人，以解其思母之痛。母亲，春来萱草绿，这是又一轮生命在孕育和生发吧。

北堂有萱

十三年前的那个深冬，冷风凛冽，掠过生我养我的村庄，带走了我的母亲。这十三年间，一次又一次回家，单敢站在杂草丛生的院子外看看，只一眼，就逃也似的离开。母亲的目光追着我，一步步跑出院子，跑下那一段熟悉的尘土路。她从不开口说话。

母亲不说话已经很久了。

母亲离开十三年之后，我才惴惴然推开那两扇尘埃满面的门扉，走进老屋。老屋并不老，只因母亲离开太早，没有母亲的岁月一下子老去几百年。

窗户纸都破了，朔风从每一个破洞中钻入，纸片瑟瑟，微微作响，像是在轻轻啜泣。从窗格子看进去，杂物堆了满地，土炕上横放着各种旧物件。窑洞内仿佛暗了许多，小了许多，我竟有种恍然不识的感觉。母亲不在了，这屋子再也看不到旧时模样，仿佛只是一个隔世的记忆，如此陌生而遥远。眼泪唰地就流了下来。我不敢出声儿，不敢告知母亲——我回来了，怕她哭。我总在想，母亲走得太早了，她其实还没有走到必须离开人世的那一天。她只是身体羸弱，不能承载灵魂的行走。

她的灵魂没处可去，一定还住在这屋子里吧。

打开门的一瞬间，眼睛很疼，仿佛每一件家什都带了刺，我却舍不得收回视线。我相信母亲的体温没有散去，母亲的指纹还很清晰，我无法不去触摸它们。这么多年过去了，苍茫人世间，再也没有任何方式能够找到如此贴近母亲的地方。游荡很久之后，我只能回家，打开那把锈迹斑斑的铁锁，打开尘封已久的记忆，看看这些与母亲相关的物件。它们陪伴着母亲从青年走到中年，从中年刚刚步入老年，她就累了，睡着了。

我总也不肯承认母亲老了。母亲皮肤白净，眼睛不花，手脚灵便，做什么都比我好，她怎么就老了呢？离开这个世界的那一瞬，母亲一口齐整洁净的牙齿也未脱落一颗。那些供她咬碎食物和咀嚼苦痛的牙齿尚在青壮年，还没有一丝懈怠，更没有罢工，母亲却舍了它们，独自离开。大概父亲猝然离去之后，母亲不愿再咀嚼生活和生命的苦难。她曾忍着疼痛，顽强地坚守过，独自扛起父亲丢下的重担，但她终于扛不住了。没有老去的母亲，狠心丢下我们，丢下一件件她时时触摸的家什，一转身，就走了。

她和父亲一样，没有道别。

我不敢靠近母亲的门扉，因为感觉那里有母亲的体温。2003 年深冬，腊月初四，早上九点左右，正是清阳朗照的时刻。母亲躺在炕上，妹妹坐在她身旁。我站在地上，靠着炕棱边，低头看她，两手放在她枕头边。

母亲抬眼看着我，眼睛活泼泼的，是慈母的光。

妹妹喜悦地说："妈今天眼睛活泛多了。"

母亲微笑着看我们，大约三秒钟，紧闭了双眼。

我大骇，直声喊："妈——"

妹妹也喊："妈——"

那是我们最后一次喊“妈”，母亲没有答应。

母亲不答应我们已经好久了。羸弱的母亲，我们扶她坐在哪里，她就坐在哪里，一动也不动，看着我们进进出出，一言不发。后来，她躺在炕上，眼睛跟着我们转，偶尔微笑，也不发一言。我至今不知晓，母亲究竟是丧失了言语功能，还是久不说话不会出声了。或者，她说厌了，不愿再开口与我们对话。最后的日子里，任凭我们做什么、说什么，她只是紧闭着嘴唇，就连喉咙里也不发出一点儿声响。

母亲断然走了，不再给我们一丝机会。

那个阳光明媚的早晨，院子里的人渐渐多起来，我木然地看着，仿佛和年少时看着外婆离去一样。如今，外婆不在了，母亲也不在了。这两个我生命中最重要的女人，走完了她们艰难坎坷的人间路程，终于回到一起。我又如何能牵着母亲的衣角，不放她去找自己的母亲？

阳光很好，照在母亲脸上，她真的睡着了。

母亲，自从你带我们来到这个世界，我们离开了你的子宫，却从没离开过你的体温。如今，你就要全部带走了吗？倘若你的体温是风、是水、是光，我会用尽办法，找一个巨大的容器把它们储存起来。可是，你的爱是血液，早已流淌在我们的身体里。我这双空落落的手，触摸着自己的肌肤，却感觉不到你的温度。

这一辈子，就因为你是女人、是母亲，你用双脚、双手、双肩，织布、缝衣、挑水、种菜、耕种、锄草，做完了所有的家务；你也用尽了眼睛、耳朵、嘴唇、牙齿，照顾老人，哺育孩儿，善待邻居；你耗尽了你的肝、胆、脾、胃、心，接纳生活，抚慰自己，抵抗病痛。如今，你只剩了这一脉被多次阻梗的血液，我又如何狠心带走？

母亲躺过的门板，又被装上了，就像父亲躺过之后又装上一样，仿佛从来没有被卸掉过。这遗留着母亲最后体温的门扉，从此成了隐痛，我不敢再触摸，十三年也没敢好好看一眼。一个人要长大究竟有多难？

不仅要打理好自己，还要照顾好孩儿，料理好父母的老去。我们尚未长大时，父亲猝然而殁，母亲平静地安慰着我们，一个人忙前忙后，亲自料理了父亲最后的尘间事宜。父亲三周年刚过，母亲又急匆匆地离开，我们手足无措，只是抱着母亲哭。

母亲走了，我还没有长大。我把自己包裹在母亲的世界里，不肯承认她不在了。我成了自己的心囚，不肯为自己减刑，更不肯放自己出来。很多个深夜，我从梦中惊醒，就听见母亲在呼唤。我总要打开门看看，而门外只有空荡荡的黑。

找不到母亲，母亲的老屋成了唯一的念想。这个正午，阳光投射到窑洞上，门窗都被晒暖了。我抚摸着细腻的木头质地，粗糙的心瞬间濡湿。母亲不在了，母亲最后的体温还在吧。我打开那把已经生锈的锁，轻轻一推，门无声无息地开了，仿佛母亲昨天还打开过，或者母亲从未关闭它，或者母亲就在家里等着我们回来。

母亲终究离去了，再也不会回来。我们能够找到母亲的地方，就是这杂草丛生的小院，就是这空荡的屋子，就是这些尘埃满面的坛坛罐罐。这屋子里每一个角落都留有母亲辛苦劳作的手纹，留有母亲温和爱惜的抚摸。我浸满泪水的目光散开去，织成一张网，我多么想将母亲用过的锅碗、盆罐、水缸、坛子、竹篮、笊篱……一一收好，装起来，珍藏。这些东西在外人看来毫不值钱，在我心底却是无价之宝。我无法打包过去的时光，只能打包这些瑟缩在旧时光中的旧物，一圈一圈，触摸母亲的指纹，安抚现世生命中无处躲藏的荒凉。

屋子中摆放的家什已不再是原来模样，锅、缸、盆、碗、勺落满尘埃，看不出十三年前的光泽。母亲做过酱醋的坛子还黑黑的站着，醋坛子空了，酱油还装了一些，漂起白花，坛子内壁满是盐的结晶。箱子、凳子、椅子躲在墙边，它们还像原来一样挤在一起，只是没有母亲的抚摸，冷得发抖。

数十年的光阴，母亲从未离开过这些寻常百姓家的家居用品。多年前的某一天，父亲把它们背回来，像背回自己的孩子，而后，它们被母亲使用着、看护着、爱惜着，供养我们的一日三餐，伴随我们走过成长岁月。它们浸润过母亲的目光，就是母亲的眼睛了，我与它们一一对视，做了一场又一场无声对话。

母亲走了，人间再无来处，此生只剩归途。我捡拾与母亲相关的所有物件，却没有一个物件能为我解忧。我只是双手捧着它们，吹一吹尘埃，偷偷啜泣，假装眯了眼。我才知晓，我于灵魂困顿之时回家，只为了找一个可以随时对着它哭泣的母亲的遗物。

母亲不在的小院，水井干涸了，灶台废弃了，菜园子也没人打理，荒草年年枯、年年荣。每到春天，一蓬蓬萱草长得茂盛，那是我唯一能用眼睛看见的、与母亲相关的绿色。夏季，一朵朵萱草花从叶丛中升起来，花葶长过叶子，像是一个人站了起来。花儿绽放时，一朵一朵，黄得明艳，衬得整个院子有了生机。

北堂有萱，可以忘忧。萱草花是母亲花，明代沈周作《怀萱图》赠予友人，以解其思母之痛。有谁知晓萱草是否真的可以使人忘记忧伤？我愿意相信，上苍赐予天地万物，它们是人类在这个世界最忠实的呼应者，从不爽约。母亲，春来萱草绿，这是又一轮生命在孕育和生发吗？

母亲芝兰

芝兰，是母亲的名字。

喜欢母亲的名字，芝兰之香自有一味清雅意境。古人说："不知其子视其父，不知其人视其友，不知其君观其所使，不知其地视其草木。故曰与善人居，如入芝兰之室，久而不闻其香，即与之化矣。"后来，人们以成语"芝兰之室"比喻良好的家庭环境。此生有幸，我有名为"芝兰"的母亲，有芝兰母亲为我们经营的芝兰之室。母亲是我们家芳香盈室的芝兰，她以温柔慈爱滋养着儿女的芝兰之品；父亲则以宽厚沉稳呵护一室芝兰之脉、芝兰之梦，蓬勃而绵长。

母亲出生在一个和睦的大家族，外祖父兄弟六个，各有所好，尤其在音乐方面各有所长。每到农闲，一家人聚在一起，吹拉弹唱，其乐融融。母亲是外婆的小女儿，外婆很疼她。母亲十七岁时，外爷就走了。外爷中等个子，齐耳短发，性情温和，擅长乐器，尤以二胡为上。母亲年少时，小腿酸胀，每天晚上，她都是在外爷的轻轻揉捏中惬意入睡。说起这些细节，母亲眼里蒙上一层水雾。我没见过外爷，总觉得母亲像外婆，白皙端庄，温良和善，浅浅微笑。

母亲十岁左右才入学，开始学习“羊”“大”“马”等基础汉字，但这并没有阻碍她日后的求学路途，也没有遏制她倾心读书的兴趣。母亲聪慧，若当年上学方便一些，她定能有所成就，我相信母亲的优秀。记忆中，母亲读书的样子很真切，她工作、家务兼顾，看书时间却没有消减，做家务的间隙、晚间的油灯下，手里常有书。

多年前，我疯玩回家，一闯进门，就看见母亲正低着头看书。她一抬头，我就看见她额前蓬松柔顺的黑发。我便知道，母亲刚刚洗过头发，润过脸面。她白净光润，坐在窗前，捧着书读，蓝印花布上衣衬在光影中，格外好看。我便不放过这机会，赖在母亲身边，摸摸她湿润的头发和脸面。母亲和外婆一样，肌肤白皙温润，很细腻。那时，外婆帮母亲照看三个孩子，夜晚，我和外婆躺在一起，总会抚摸她的面颊，柔软得像水一样，我便在这柔软里闭眼睡去……

很早以前，还是婴孩的我正躺在母亲的怀抱里安睡，可是，母亲的假期结束了，她必须放下我，拿起书本和粉笔。多年后，身为人母，亦为人师，我不止一次想象，当年母亲眉间心头的矛盾和疼惜。母亲从未说起，她只是微笑着，走上三尺讲台，走入尘世风雨，走向一段又一段艰辛磨难的人生旅程。

我年少的成长过程，便是紧紧跟在母亲身后，从最初的蹒跚学步，到稳稳实实地踏出一脚又一脚。母亲不时地回头看我，看着我脚底那一串歪歪扭扭的脚印，由小变大，由浅变深，由歪变直，欣然而笑。

人的生命成长是一个长期而持续的累积过程，你会吸纳四面八方的信息，而来自家庭的熏陶和培育异常重要。母亲是我学会读书的启蒙老师，也是影响我文学创作的第一位导师。很小的时候，我就在母亲的引导下读完了家里的全部藏书，不认识的字先跳过，然后询问母亲。

母亲读书很多，给我印象最深的是《红楼梦》《三国演义》《聊斋志异》，以及“三言二拍”。我经常央求她给我讲，她也乐意讲，大观园里的才情女儿、聊斋中的善良狐仙、“三言二拍”的奇闻逸事，我最初都是从母亲那里听来的。

母亲写的字娟秀舒朗，柔中带刚，铅笔、钢笔、毛笔，她都用。可惜，我只收藏起母亲用过的一方铜墨盒，小而圆，母亲写过的字却没有保留。不知道那个时候我的生命空间中都装满了什么，母亲的信件竟然一封也没留存下来。

1995 年冬天，我因为工作忙，将一岁小儿托于父母抚养。其间，母亲捎来她亲自做好的食物，随带一封信，告知孩子的成长情况，详细叙述了她和父亲哺育孙儿的日常琐碎，乃至一日的饮食玩乐，一字一句，情深意长。之后二十多年，辗转于人世之途，母亲留给我的纸上言语犹然在耳，那封信却被我弄丢了。

母亲是一个富有生活情味的女人，用心经营点点滴滴生活情趣，即使是粗茶淡饭，她也做得好看、好吃。每一餐饭，她都会将各种调味小品装入小碟，摆放在饭盘里，端到我们面前。冬日放学回家，母亲早已利用灶膛里的余热在铁锅里烤好了黄米馍馍，我和弟弟妹妹一人一个，一起吃，一起笑，一起写作业。

现在回想起来，那种满足不只是解馋，更是一份说不出的滋味和情趣。这些生活细节浪费不了多少时间和金钱，却创设了意外的喜悦，温暖了姐弟亲情，培育了我们平凡朴素而怡然自得的人生雅趣。母亲不只创造了我们的生命，也赋予我们性灵和品质，培养我们美善的人格精神，我们就在这美善的世界里成长并成熟。

芷兰生于幽谷，不以无人而不芳，母亲一生绽放的天地只在三尺，但她与人为善，始终幸福地微笑着。不管遇到什么难事，她总是义无反顾、一肩担挑，仿佛她是孩子们的地，也是孩子们的天，拼尽全力撑起一个温暖和煦的家园。元代杨维桢《芝兰室诗》云：“芝兰在野兮，不以野而自伤。芝兰在室兮，不以室而自庆。”母亲是平民百姓家的女儿，她以平常心绚烂过，即使兰香渐远，蕙草当留芳根。我庆幸自己有这样的母亲，滋生于芝兰一脉，或在野，或在室，不自伤，也不自庆。这种自尊、恬淡、坚韧的品格，让我懂得如何为人、如何为师、如何为文。

这个心念柔软的早晨，白雪洗尘，万木润泽，积蓄了整个冬天的雪，轻盈飘飞。这是母性的意境，柔软而温暖，没有晴天霹雳，不是大雨滂沱，温和细腻，滋润大地。沉睡的土地下，草木、庄稼、虫豸等着生发。十多年来，走过一场又一场雪，总能看到母亲离开后的那场冬雪，我便知晓，永远也走不出母亲那如雪的温暖和清明。

我的芝兰母亲，原来，你一直在我身旁，从未走远。

母亲的女红

母亲不是手艺人，却自带几分手艺。

某时想，不是母亲喜欢手艺，是琐碎的日常生计把母亲磨成了一个手艺人。作为家居女人，从做妻子的那一天起，但凡与生活有关的细节，她都必须从头做起。在这个艰难的过程中，除了外婆和几个邻里妇女，没有谁能真正帮到她。很多时候，从谋生方式到精神蜕变，她是独自一个人，熬在一件件物品的成型中，逐渐完成着一个女人的成熟和嬗变。

当年，母亲很年轻，新婚不久。她纤细白嫩的手指，既能握着毛笔、钢笔和粉笔写字，也能走下讲台，与许多陕北女人一样，纺线、织布、做鞋、缝制衣物、拆洗被褥。一件一件，她尽心尽力去做，做得细心，做得娴熟，做得精致。她一定是幸福地做好了当母亲的准备。两三年后，我出生；一年后，妹妹出生；四年后，弟弟出生。家贫，事多，除了外婆和父亲，母亲没有好帮手，她一天天地瘦下去。

我保存着母亲年轻时的两张相片：一张是她上中学期间与同学的合影，眼神活泼，略带羞怯；一张是她结婚前的单人相片，半身，对襟棉衣，青绿色，目光纯净，素朴恬静。另外，我还有一张相片，是母亲和我们姐弟仨的合影，母亲坐在椅子上，怀抱三岁的弟弟，我和妹妹站在左右两侧。母亲留短发，瘦得颧骨隆起，与之前那两张照片上的温润模样判若两人。

一个女人年轻饱满的生命，一点一点被亲生的孩子侵吞，一天一天被困窘的生活侵吞。

母亲能够纺线织布，想必是外婆教的。外婆有很多手艺，她一样一样耐心地教给母亲，比如抿袼褙、拍纸囤、剪窗花，比如做鞋垫、纳鞋底、剪裁衣服、缝制棉袄。那个时候，外婆六十多岁了，很爱干净，每次出门前，总要用粉笔把千层布鞋底涂抹一遍，再用刷子轻轻刷掉浮尘，才穿上脚。白得雪亮的布鞋底走到哪里，外婆就走到哪里。外婆小脚，仿佛只有大拇指和脚后跟，但这并没有阻遏她一趟又一趟奔波二十多里土路跑来照顾女儿的生活，帮女儿看小孩、做家务，还教女儿做针线活儿。

外婆白天弄棉花、捻线，很少纺线，纺线一般是在夜晚。一盏煤油灯，昏暗的灯光下，外婆坐在后炕上纺线，身边卧着一只猫。外婆摇着身子，纺车嗡嗡地低响着，猫在旁边打着呼噜。外婆说，猫会说话，她听得懂，我听不懂。我时常蜷缩在暖炕上，侧躺着，看外婆纺线，就像看着母亲。偶尔，我也坐起来，靠过去，摸摸她的脸，温润柔滑，真好。

母亲从别人家借来的织布机就放在前炕明亮的地方。老家的窑洞大多较深，前半部分多一半是炕，少一半是脚地，靠墙摆一溜黑瓷缸，装着粮食和水，地上没处安放织布机。下午放学回来，一入院子，就能听见梭子的响声。进门第一眼，便是母亲坐在织布机上的背影，她的腰身随着来回穿梭的梭子有规律地扭动着。不记得当时是否叨扰过母亲，却记得母亲不止一次向我要了考卷，细细看着。

一窗清明阳光，罩着母亲坐在织布机上的身影，娴静而温暖。

一次期末考试结束，我拿着语文和数学卷子回家，心怀忐忑，一半欢喜，一半忧愁。语文成绩这么好，数学却落下好远，如何向母亲说？好不容易挪进门，低着头，嘟嘟囔囔，半天也说不清楚。母亲手中的梭子就来了，我缩了脑袋等着，梭子却悬在了半空。

母亲白天忙，大多是夜晚才能闲下来，安顿孩子们睡了，才开始做针线活儿。若是冬天，母亲要两头儿忙，一会儿在屋内喂三个孩子，一会儿跑到碱畔上喂猪和鸡。她系着围裙，端着饭碗，屋里屋外跑上好几趟，常常是一碗冷饭吞咽下肚。

母亲把锅碗洗涮干净，天全黑了，她才在煤油灯下开始搓麻绳或纳鞋底。母亲什么时候睡，我们并不知道。那个时候的冬天好冷啊，窑洞破旧，门窗透风，地上的水缸结了一层冰。每天凌晨，我蜷缩在并不暖和的被窝里，听见母亲穿衣时手掌和棉布摩擦的沙沙声，便醒了。我闭着眼睛想，母亲的手是不是很疼，却从未开口问过。小时候太过拘谨，或者说还不懂世事，居然在母亲面前害羞，从不敢向母亲示意一丝关爱，更不敢说出口。

多年之后，那轻轻的摩挲之声犹然在耳，我却再也没有机会问一声：妈妈，疼吗？

母亲的手渐渐粗糙了，她的三个孩儿却因为有个巧手妈妈而衣裤整洁。即使粗布衣裳，即使打着补丁，也是样式好看，颜色搭配和谐。在我十岁左右的时候，父亲买了一台敦煌牌缝纫机，宝贝一样带回家。我们像看见天外之物一样围在缝纫机旁，看母亲学着操作。母亲很快熟悉了缝纫技术，买了几尺花布，为我们缝制衣裳。我和妹妹年龄上只相差一岁，从小就穿着一模一样的衣服，相跟着走过每一个季节。直到上了初中，我俩还经常被人误认为是双胞胎。

几十年过去了，那台缝纫机依然好好的，母亲换过的皮带还没有磨断，她却不再用它缝制衣物。我坐在母亲坐过的凳子上，把缝纫机当作书桌，一个又一个汉字，横平竖直，从笔端走出来，就像当年母亲缝在衣物上的针脚，端端正正。

母亲很会做鞋，暖鞋、单鞋、凉鞋、鞋垫，都好看。很小的时候，我没有凉鞋穿，母亲就仿照凉鞋的模样，用红条绒布给我做布凉鞋。我高高兴兴地穿上新鞋子，出门就跑去河里踩水玩，大概以为既然是凉鞋，便和外面买的塑料鞋子一样吧。湿漉漉的鞋子被我拎回来时，母亲正在扫院子。我做了亏心事，低着头，站得远远的，看她把湿了水的凉鞋埋在干净的黄土中。第二天，鞋子干了，鞋样稍有点儿变形，可惜了母亲的好手艺。我很难过，再没有如此玩过。如今，母亲早已远去，我依然珍存着三十年前她为我做的两双布鞋，一双条绒布面，一双棉布面，千层底子，方口，系着带子，一针一线，粒粒分明。

母亲保留的鞋样子，至今还夹在父亲的笔记本中，我们一家几口人的，春夏秋冬，样样俱全。母亲抚育三个孩子的心血，我们姐弟仨一天天长大的印记，全在这些大大小小的鞋样里。母亲做鞋用的模子，如今依然保存得好好的，木头的质地如初。木箱子里，还存放着母亲的一双暖鞋、一双单鞋，还有父亲的一双单鞋，黑条绒鞋面，落了尘土。我们把鞋子放在阳光下晾晒，妹妹小心刷扫干净，依然整洁好看。我们便知晓，他们刚刚脱了鞋子，上炕歇息，或者换了另一双布鞋，相跟着出门去了。

母亲也擅长用高粱秸秆做各种各样的盖子，锅盖、瓮盖、盆盖、纸囤盖子，各有其形，各居其所。还有一个个盘子，长方形的、正方形的、菱形的，白净好看，用来放饺子，或者晾晒食物。每年秋天，母亲都会把秸秆攒起来，捆好存放，待入冬后，盘坐在火炕上，粗细长短的秸秆围着她，像她手中的棋子，一个一个被安放在合适的位置。当年，我和妹妹参加工作，有了新家，母亲也做盘子带给我们，至今，我依然用来摆放饺子。

母亲老屋的盘子也多，我数了一下，有二十多个。我轻轻拍去上面的尘土，用毛巾擦洗干净，生怕母亲的指纹和体温随之消散。一叠盖子，大小排开，在窗台上晒过，摞入那口母亲做了一辈子饭的铁锅里。它们像母亲一样，安静地睡着了。

母亲是一个好女人，她是许许多多家居妇女中的一个，既有知识分子知性清雅的风度，又有劳动妇女勤劳吃苦的本分。母亲不是手艺人，却把一生活成了手艺人的模样。母亲已经离去十六年，她当年缝制的被褥、枕头、鞋子、门帘、窗帘、坐垫……种种物件，都还在，都还好。就生命意义而言，母亲手熟的那些家居女红，是她真正活着的精神命脉。不管她走了多久，走了多远，我们依然能够从她遗留的物件中，获取母亲的生命能量。

母亲，如此，你便永生了。

父亲的手艺

朝阳绚烂，我和妹妹坐在村庄河岸，仰望着一堵一人多高的石墙。

这是二十年前父亲垒砌的石墙，有的石头已风蚀，依然以群体的力量支撑着菜园，土地上生长着玉米、辣椒、豆角和萝卜。我们看着那些绿葱葱的蔬菜，笑了。父亲耗费的心血终究没白费，他若在天有知，也会欣然而笑。

那年夏天，一场洪水过后，河床上一下子冒出很多石头。我和妹妹都做了妈妈，有了自己的小孩，依然遵照父亲之命，从水边抱起一块块石头，放在父亲脚边。好几个下午时光，我们都泡在河水中。我们悄悄抱怨着父亲的执拗，却不能劝说，也不敢怠慢，一趟一趟，搬运石块。我们的眼睛在河道里搜索，挑拣着平整的石头，大一些的石头我俩抱不动，便抬着走。

我们爱着石头，也恨着石头。

那天傍晚，夕阳西下，一堵高墙端端正正地站了起来。父亲背着手，看着这堵新崭崭的石墙，很满意自己的手艺。他一定设想过，多长出来的这几畦蔬菜，足够一家人暑假聚在一起食用了。

二十多天后，又是夕阳西下，父亲猝然倒下，安静地睡着了。

二十年后的这个清晨，我和妹妹看着菜畦里长着的蔬菜，才明白父亲当年的执拗：他只是为了在我们回家时备有足够丰富的蔬菜。

一个人长大究竟要多久？我们年轻时做了太匆忙的事，刚刚毕业有了工作，就迫不及待地离开父母仓促成家，但实际上我们还没有走出对家的依恋。每年暑假，妹妹一家三口从延安风尘仆仆地回家，我们也带着孩子赶回去，一家人才像从前一样，热热闹闹，相聚二十多天。

父亲很享受这短暂的相聚之乐，他和母亲一起，倾其所有，变着花样儿做好每一顿饭，喂饱三个儿女、两个女婿、一个媳妇和四个小孙儿。我忘不了父亲脸上的笑容，那是他凭借自己的力量能够给予孩子们快乐时的满足和欣慰。

院子西头，靠墙做饭的炉灶也是父亲砌的，用的多是小卵石，一小块一小块的，垒砌得很好看。似乎石头越小，父亲越好拿捏。他就像一个工程师，虽然没有画图，但策划、构图、施工，一步一步，心中有数。父亲砌了一辈子石墙，真是一把好手，哪块石头放哪个地方最合适，他不假思索就做到最妥帖。现在想来，我是在跟随父亲砌墙的时候才真正懂得了“妥帖”这个词。原来，世界万般事物，结合相容，最难得“妥帖”二字。即使像石头这样硬气的物件，只要安放妥帖，一堵墙便能长久站立。

1997 年秋，父亲喜得孙儿。他说，高兴得差点儿跳起来。1999 年暑假，我们一家人照例团聚，每天下午不到四点，父亲就顶着太阳，燃起室外炉灶，为一岁半的孙儿做饭，熬粥、蒸蛋、拌汤、煮龙须面，或者煮母亲手擀的碎面片。我们多次劝他用电炉，他总说，土炉慢火，匀称，做的饭香。

我坐在炕上，从玻璃窗看出去，灶台前青烟缭绕，父亲鬓角的白发在光里一闪一闪，格外醒目。我才惊觉，父亲快六十岁了。快六十岁的父亲，从没给我们步入老年的感觉。他在学校的工作依然兢兢业业、恪尽职守，周末和放假回来，种菜、浇水、锄地，或者清扫院子、打理蔬菜，从不闲着。

这艺术品一样的小灶台，在父亲猝然离去之后废弃了。母亲生病期间，在老家住得不多，每次回家，一进院子，第一眼便看见这灶台，堆了一层土，长出一些草。铁锅早就端回家，鼓风机也收拾了，父亲日日生火的炉灶没了青烟袅袅。我看着它发呆，就像看见父亲。

我拔了草，清扫干净，试着点燃炉灶，刚刚拿起火柴，却又颓然放下。

父亲是个爱干净的人，我们如何任他心爱的家园杂草丛生？

窑洞门前砌好的圆桌是我们一家人的饭桌，父亲坐在桌前吃饭的情景仍在眼前，却再也听不到他一声言语。二十年后的暑假，我和妹妹打扫屋子，做好饭菜，拿来小椅子，坐在桌前吃饭。树影婆娑，与当年毫无二致，一切恍若昨日，父亲却再无回头。父亲，我们快乐幸福的家园，因为你的猝然远离，再也没有往日红火热闹的气氛。

父亲不在了，这是真的，但当年我们绝不相信父亲会一句话也不说就悄悄离开。那些黑暗的日子，我们担心父亲睡醒了，没人扶他坐起来，那厚重的棺木，那沉沉的黄土，父亲怎么能推得开？母亲说，父亲走了，他把所有灾难一身带走了。我们对母亲的安慰半信半疑，从诞生到长大，从长大到成家，从成家到做父亲，父亲这一生遭受了多少灾难，难道还要他背负着一身灾难一个人独自前行？

母亲，为了孩儿平安，你宁愿舍掉父亲，舍掉你后半生的依靠吗？

母亲坐在父亲的灵堂前，一脸肃穆，不开口说话。她将一切事务安排妥当，其余时光，只用来陪父亲。她看起来很是镇定，仿佛父亲依然和她坐在一起，看着院子里的人忙忙碌碌，看着三个儿女失怙无依、无所适从。我在忙碌的人群中穿梭，蓦然看见灶台上的青烟缥缈而散，父亲活生生地站在跟前，对着我们笑。

我双泪长流，脚底踉跄，一声“爸爸——”怎么也落不了地。

父亲，我们还没有把“爸爸”唤成“父亲”，你怎么这么急着离开？

父亲倒下了，可他垒砌的石墙依然好好地站着，在村庄扎了根。

垒墙是父亲的拿手本事，也是父亲得意的手艺。年少时，我们不止一次帮着父亲垒墙，一趟一趟，把散落到远远近近的石块抱到父亲跟前。我总觉得，在父亲眼里，那些石头是有生命的。它们生于自然，吸纳天地灵气，最终在父亲的手中获得重生，石头与石头紧密相连，组成一个个新家庭的新成员。

父亲亲手垒砌的石墙有很多，家中院子、学校围墙、路畔和菜园子。我印象最深的是，父亲每次调往一所学校，都要背一把锤子，动员师生利用课余时间搬石头垒院墙。三十多年，他走过十多所学校，每一所学校都留着他垒砌的院墙。只可惜，随着农村居住人口锐减，孩子们都被父母带去城里上学，很多农村学校早已废弃不用。

父亲已远走天堂二十年，父亲摸过的石头还在，它们彼此相依，撑着一道道墙。石头和树一样，放在哪里就在哪里扎根，从不移位，除非你去动它。人却很难固守一地，总是主动或被动移位。父亲倒地时，一定并不想把自己移位到另一个世界，但他不是石头，不是树，不能在村庄扎根到老，不能看着手植的树老去，不能看着垒砌的墙坍塌。冥冥之中，一股神秘的力量一把就把他拽走了，不容父亲喊一声。大概离开尘世的父亲也拥有了那股神秘的力量，他又轻而易举地拽走了母亲。或许，母亲是厌弃了我们，独自去找寻父亲？

老屋有三孔石窑，院子里砌了灶台和圆桌，打了水井，辟出菜园，挖了炭窑。炭窑是东墙上挖出来的洞，父亲说就像打土窑。那个暑假，父亲先刨出一个洞口，再用小镢头挖、刮、打磨，我们给父亲打下手，把刨出来的土运到碱畔上去。一层一层黄土剥落下来，土窑一圈一圈变大，窑壁光滑起来。做了好几天，终于成功了，父亲一身黄土，尘埃满面，站在洞口笑。我们把炭、柴、筐等家常杂物递进去，父亲一一摆放整齐。母亲取出早已做好的一个布帘，挂在洞口，一下子就像里面住了人。

父亲说："这样好，比黑乎乎的好看。"

父亲的声音犹然在耳，转身却再也不见他的笑容。走过一处又一处，哪里都是记忆，哪里都有伤感。稍一恍惚，便看见父亲就在眼前，头上冒着汗珠，正将一块块各具形态的石头一一摆放，石头和石头各就其位。我愿意相信，父母安置在天堂的院子，也是父亲亲手垒砌的石墙。母亲站在身旁，将一块块石头递到他手中。那些石头也是他们生在天堂的儿女，他们像对待我们一样，将孩子们一一妥帖安放。

草上烟火生

一条不甚宽敞的深沟，低洼坡上，野草长得满满的，遮住了地皮。这是我见过的长得最密的草，不高，不过一尺。有的开花，黄、白、粉、蓝，争奇斗艳；有的不开花，绿油油的，挤挤挨挨，像草的经纬，密成了网，织成了毯，扯也扯不开。打碗碗、沙牛牛、山丹丹、花狗狗、牵牛花、苦菜花、野韭花、沙打旺、猫眼睛、蒲公英，以及叫不出名字的花草，一株一株，仔细分辨，有的亲切可爱，有的恍然不识。

我转身去问父亲，父亲却不见了。

这是一个梦。我已很久没有见过父亲，没有见过这么好的草了。实际上，我从未见过长得这么好的草。陕北高原野草种类多，但干旱少雨，四月春盛之时才能看见草长，有的地方还是草色遥看近却无。直到夏天，野草才疯长，但枝叶稍粗的草茎大多被砍了，晒干，当柴火烧。

小时候，买炭很难，每隔一段时间，父亲就去城里背一块，很沉，却烧不了多长时间，家里烧的柴火多是父亲在放假期间砍回来的。父亲不是农民，但在农村长大的他会做各种各样的农活，挖地、耕种、间苗、锄草、打理菜园，做得细致、到位，有条不紊。哪一块地适合种什么样的作物，或者同一块地今年种什么明年种什么，他都清清楚楚。

为了生计，砍柴也成了父亲的拿手本领。他不仅费力砍好柴、背回家，还要分类存放，以备需要。他先把有韧性的草扭结成草绳，再把柴火按照穰的、硬的分开捆好，整整齐齐，排开晾晒，便于挑选。穰柴枝蔓轻软，不禁烧，用来煮高粱饭、烩面片等；硬柴枝干粗壮，耐烧，一般用在需要好火头的时候，如端午节煮粽子、过年炸糕、熬骨头等。当然，多数时候是两种柴火一起烧：穰柴生火易燃，硬柴用来维持火势。父亲烧火时，炉膛里柴少火旺，而我们烧火时，则总是柴多火不旺。他便教我们：把放入炉膛的柴火适当架空，气流能在柴草间流动，火才容易烧旺。

那年暑假，我们姐弟仨跟着母亲从外婆家回来，一进院门，就看见父亲坐在新砍的柴草堆中，脸晒得通红，满头汗，满脸笑。柴草长高了，有二三尺长，黄蒿、艾草、花狗、白杨草、黄杨草居多，父亲正分类打理。不记得那时几岁，多少年过去了，其他记忆都已模糊，唯独柴火围聚父亲身边这一幕，宛若昨日。当年我所看到的那个场景，似乎就是一个柴草的王国，父亲幸福地坐在中间，满足地微笑着，像一个胜利者，统领着柴草，又珍惜着柴草。他把它们分门别类安顿好，各尽其“柴”，各安其生，或者可以这样说，他已然是那些柴草的父亲，待它们如同儿女，满怀深情，为它们筹谋未来，为它们打点行装，为它们燃起烈烈焰火。不管是硬柴还是穰柴，每一根都烧出了自己的烟火人生。

父亲是知识分子，着装齐整干净，多是蓝色中山装，左上衣口袋插支钢笔，明亮亮的。父亲不苟言笑，在学生面前却不严肃，始终微笑着，与他们聊天。有孩子调皮捣蛋，或者打架闹事，他总有办法平息纷争，悄悄然，不惊扰谁，一切烟消云散。等我自己走上讲台，每遇学生闹矛盾、生是非，就会想到父亲，便冷静下来思考，或者向父亲请教，他总会给我提出稳妥的解决办法。多年后，我再次想起父亲坐在柴堆中的那一幕，恍然大悟：那个时候的父亲，脸上洋溢的不只是收获的满足，也有对柴草好好安顿的成就感和自豪感。

原来，最高的姿态不是高高在上，而是与你周围的一切人事平等相待。不管是对孩子、对学生、对同事，还是对自然万物，父亲总是谦逊平和、有耐心。父亲并非圣人，却具备了一个平凡人的可贵品质，正直善良，宽容仁爱，稳健刚强。在家，他言传身教，感染和熏陶着我们的人生良知，教导我们要做堂堂正正的人；在校，父亲是一位好老师、好校长，他的一生有三分之二的时间在学校，他是学生心目中的好老师、老师心目中的好校长。

一个家庭就是一个独立团体，父亲、母亲和孩子有各自不同的担当。母亲使家安宁，孩子是家的希望，父亲则是家的缔造者。有人说：好女人是一所学校，优秀的男人可以当这所学校的校长，差劲的男人则会使这所学校蒙羞。所幸我们的母亲是一个好女人，我们的父亲是一个负责任的好男人。父亲不只是我们生命的赋予者、抚养者和教育者，更是我们通向未来世界的介引者、鼓励者和成就者，努力引导我们走向未来世界，待时机成熟，竭力把他们推出去。

1999年，世纪老人年，父亲没走过那道坎儿。那个夏天，父亲全心全意砌好最后一堵石墙。二十天后的黄昏，他猝然离开，没留下一句话，悄悄走完六十年的烟火人生。我宁愿相信，父亲依然背着手站在我们身后，目送孩子们远去，前路山高水长，任由我们自己去跋涉。

父亲走了二十年了，他坟茔的草长得茂盛，夏天绿油油的，冬天黄蓬蓬的。清明祭奠，北风浩大，烟火横吹，燃了枯草，那些火焰，有的一闪而灭，有的长久不熄。我想起父亲说的硬柴和穰柴，泪流满面。父亲无疑是一株硬柴火，他虽然走了，但他的火从未熄灭，在我们困顿之时，灼灼而明，为我们照亮前路、传递温暖。

低徊愧人子

定是在某个黑洞沉睡太久，那是灵魂走到尽头的悲凉之所，无处可逃。时间沉溺在雾里，我仓皇地躲起来，不分昼夜地沉睡，睡到不知自己是谁、身在哪里。世界正欣欣向荣，我把自己遗忘在空茫旷野。似乎生命中很多东西不是我的，也不是别人的，泪被打散，落花流水，四处逃难，我没有收留她们的地方。父亲走了，母亲走了，我张开的双手空空如也。一个又一个日子被雨侵占，烟消，云不散，我仓皇失措，躲在一朵霜雪的苍凉中。

十年前的那个深冬，凛冽、干渴、瘦弱，母亲幻化为一朵雪花。我拼了全力，终究拽不住她缥缈远去的身影。那个夜晚，飘下了入冬的第一场雪，我把自己封冻成深冬腊月的第一尊雪娃。之后十年，雪一直在飘飞，每个冬天都很冷，雪花冻透了我的灵魂。我在干渴而羸弱的冬阳里流泪，痛得撕心裂肺。我竟不知道生死原来有这样的大别——死，即是这一世为人，再不得相见了；而生，只要活着，只要一息尚存，无论怎样长路迢迢夜漫漫，人总会找着再回来。

时光无可遏制地纵深，我在纵深的时光中茫然失措。痛失父母的疼痛在每一个角落簌簌发抖，泛滥成灾。昼重叠在夜之上，幸灾乐祸地看着我低头行走、心无所思。春躲在冬的深处隐匿，埋怨一个张皇失措的人与她一次次相隔茫远。时间不再如流水，没有平缓，没有湍急，也没有绕一个弯儿，一路呼啸而去，连一丝风的味道都嗅不到。

冯唐，那个看似散漫的人说："活着活着就老了。"他甚至油滑地以此为书名，端端正正印在封面。这七个汉字，黑黑的，跳动着，像七个横平竖直的人。人这一辈子，从七岁开始，走过七个七，七七四十九，就老了。我散着长发，独行风中，一个个梦做醒，一个个七睡去，很多时候，数不清自己究竟睡过去几个七。

尚未老去，并不惧怕老，但我亲见父母未老先去，亲见兄长年轻壮硕的身体倒成一米八的沉重叹息，那种刻骨的疼痛火一样燃烧，烙着生命中的每一个细节。甲骨文中，"老"像一个长发披散、手拄拐杖的人，他们尚未拄杖，却已老去。我也亲见外婆，一双小脚，仿佛只有一个大拇指和一个脚后跟的小脚，装在白生生的千层底布鞋里，走过八十一个春秋，蓝色头巾包得住银发，却包不住她刚强的笑容。那年深冬，北风凛冽，我们牵手走过西风口，外婆回头看我，盈盈双目，清如青天。我多么希望自己就是飘在那里的云朵，可她竟然在五日内悄悄睡去，不打一声招呼，不再呼唤我的乳名。

似乎唤我乳名的亲人都远去了，只剩下我睡在一个冰凉的意境里，作茧自缚。一种不是幻觉的知觉中，我清晰地看到自己变成了一个空壳，没有结实的内核。有人说，人作为一个实体就像一个核，壳打破了，里面还躺着温暖的籽。但我不是核，就像一颗洋葱，一层皮剥离，还是一层皮，反反复复地剥，反反复复地疼。身体的壳被一层层蜕去，灵魂赤裸裸袒露，一抹现世的光就把她灼成重伤。

终于，我在这个下着春雨的黄昏醒来，醒得如此彻底，仿佛之后多少个日夜无须再睡。川端康成说：“我死了，下边该轮到你了。我过去是一堵墙，挡着你，叫你看不到死亡。如今我没有了，你再也不能认为你的父亲依然活着了。母亲也遮挡着你的半面。父母只能起这种作用。”十三年前，父亲猝然离去，我无法抵御失怙无依的伤痛，沉睡在一个自私的疏忽里，读到此段才看见——猎猎寒风中，母亲单薄的身体站成半堵墙，为儿女阻挡着人世冷意，但她终究扛不住了，站不住了，倒下了。

我才明白，自己之前多么想安然蜷缩在母亲的半堵墙内。

我悚然惊醒，奋力站起来，拼尽全力挽留母亲，终究无济于事。

我们尚未长大，父亲又带走了母亲，在她未老的时候。

母亲离去之后，我们成了隔世的母女，不会有相亲的机会。人世间，再也没有机会紧紧握住她的手，陪她慢慢走到老；没有机会等她变小了，我好抱抱她。沉睡在一口古井里，我想让自己熄灭，或者冻结。我的天地猝然坍塌，我竭力刨挖，手指都破了，一地废墟中，没有妈妈。

没有妈妈的世界，片片废墟，处处伤痕，哪儿都疼。

有人告诉我，她并没有离开这个世界，她和父亲先乘一班车走了，还是走在我们前面。我让自己相信这个说法，一个个母亲复活的梦里，我奔跑在一座悬浮木桥上，喊着芝兰母亲的名字，兰花在喊声落地的每一寸土地上绽放。我已很久没有呼唤“妈妈”，天地间每时每刻满溢这温情的呼唤，却没有一声是我发出的。我还没有把“妈妈”改口为“母亲”的时候，妈妈猝然离开；我不呼唤“妈妈”而称呼“母亲”的时候，她又以兰花的姿态站在我的面前。

原来，无常的生命就像一条流淌着的河，没有人知道它会在哪里断流。我们只是懵懂的孩子，玩一场无知觉的游戏，不知道结果是什么。你毫不理会时，只为已得的拥有得意扬扬；你用心去感觉时，却为永远的失去痛彻心扉。十几年过去了，沉在河流的底层，动的是水，静的是我；去的是水，留的是我；匆匆而过的是水，悠悠沉睡的是我。十年生死两茫茫，我一次又一次艰难穿越，从水底浮上来，饱含热泪，与“妈妈”告别，与“母亲”相见。当我清清爽爽地站在阳光下，重新睁开眼睛时，我终于长大了，与母亲一般大。

父母虽已离开，却并未远走，我时常能够感觉到他们温暖的目光，感受到坚韧的砥砺和期望。每当我在世俗面前疲惫的时候，面对父母，仍是唯一的灵魂安顿之法。所以，我没有办法与老屋说“再见”。这里有父母用心的设计和经营，有他们日复一日的辛苦和付出，有他们远离时的不舍和惦念。那种意境细密而深远，我无法割舍。院子里的石磨、石灶、石床、石桌，还有梨树、杏树，甚至每一颗草籽，都被父母温热的目光抚摸过，我如何能忍心丢开，一个人独自前行？

低徊愧人子，不敢叹风尘。某一瞬间，心念母亲，只一转身，便看见她笑意盈盈地站在阳光里。她身后老屋木窗上，三十年前安放的“幸福快乐”四个汉字依然平安，格子里贴满了红红绿绿的剪纸花。这些活泼的花鸟虫鱼，倏地唤醒沉睡的记忆，儿时的欢喜和快乐，泛起如波。

故土上的故人

故，这是一个古老而典雅的词语，当她从岁月深处款款而来时，便拥有了更为丰富的含义。诸如故土、故园、故人、故交，沧桑而端庄，如一件件老旧的器物，泛着柔软的黄，浮起一抹隔世的暖意，牵着你，不忍舍离。

早春雪后，辗转回到黄河岸边的老家，沿着山脊蜿蜒而上，去看望安息在故土上的故人。黄河两岸的土石与黄河一样古老。沿着水岸游走，你会邂逅一座座熟悉而亲切的山山峁峁，单听名字就已各具典意，诸如一带山、高梁山、天台山、凤凰山、探天峁、柏树墕、狮子崖、乌狼峰。一座座活泼泼的山，绵延在视野里，奔走在想象中，仿佛一个个音节呼出，就有一个个活脱脱的灵物奔出来，与经久不息的黄河水一起澎湃。

石虎峁，是黄河水畔的一座高山，因山顶上一块形似猛虎的巨石而得名。山峁上的田地大都属先祖遗留，贫瘠，却是上好的风水宝地。故土很广阔，耕耘过故土的故人安守一隅，生在这里耕耘，死在这里安居。一代又一代，一座座坟茔，自上而下，已经过了八代。第四代曹公讳安喜墓前，立有一碑，石碑端正，无残损，碑文上一行字清晰可辨：“曹公儿子曹慕彬于民国十二年”。

慕彬，这个名字好熟悉，仿佛他不是几世几代前的祖辈，竟是一个似曾相识的故人。曹慕彬是我们的高祖父，春阳中，他站在石碑前，微笑着，向我讲述一个个隔世的故事。那些故事的主人是他的祖辈，也是我们的祖辈，或者就是他——一个娶了七房妻室的旧时男子。他十三岁娶亲，十五岁生子，生育两女一男，子名“增昌”，寄予多子多孙、繁荣昌盛的愿望。我的曾祖父曹增昌生育三子——吉庆、有庆、余庆，可惜英年早逝，未能看护周全，全部负担都留给老父。曹慕彬以祖父之身，担起家族之任，呵护三个孙儿延续着“吉庆有余”的血脉。

有些疼惜，他太累了。一个十三岁的孩子，年少娶亲，他的个头还没有长足，他的脏器还没有成熟，他的性情尚且真纯，他如何面对过早推到自己面前的旋涡险滩？但是，我多虑了，这个早熟的男子，不仅以稚嫩之身担负起家庭责任，而且顶天立地继承了繁荣了曹氏家族几世几代的耕读家风。

我不止一次想象他的模样、风仪和气度，个子挺拔，不壮硕，清秀的书生模样，眉宇间一股英气勃发，深情而刚烈。他走到哪里，哪里就有一种摄人的气场。没有纨绔子弟的流气，没有富家儿孙的霸道，没有庸常人等的粗野，只有一种超常的磁力，吸引着围着他转的每一个人，也让一个个因他而生的女子愿意为他而死。

他娶了七房太太，这不是传说，也不是小说。这七房太太，没有主次排序之分，只是一房去了，又续一房。有两姐妹，姐姐殁了，又娶了妹妹。这不是他的错，也不见得是他的福。生子单一，又过早而殁，一房一房妻室也仓促离他而去，多子多孙、吉庆有余的愿望空成泡影。当年，我们的老奶奶嫁过来时，她的慕彬爷爷年近六十，可惜长孙吉庆很不成器，抽大烟，几乎把家业败光了。

小心翼翼地，我从奶奶手上接过一本手抄书——《曹氏家训》（选录本）。薄薄的，小 32 开本，手工线装，封面左上角，一块长方形红纸条上，毛笔竖书“曹氏家训”，黑墨小字，注“戊子年置”，右下角书“万盛堂”三个红字、“广育堂”三个黑字，皆繁体。

轻轻打开封皮，宣纸淡黄，墨香如初，一页一页，蝇头小楷，抄录着各种内容的家风家训，包括天地诸神、人畜诸事、修身养性等，以五言、七言为主，诸般联句，典意丰厚。他倾心诸事，悉心修养，淡笔纸墨，耐心誊写，字字工整，句句丰厚。

我随性捻出几联，即见其性情雅趣，心志高远：“百代文章事，两门富贵春”，落笔天下文章，着意一族富贵，脱了物欲，多了雅兴；“鱼水千年合，芝兰百世荣”，以鱼水之情、芝兰玉树为喻，寄予婚姻和满、子孙其芳的美善愿望；“传家有道唯存厚，处世无奇但率真”，既言自身处世的率真风度，又启示后人忠厚承家、处世有道，一联双得；“温良恭俭让让中取利，仁义礼智信信内求财”，以儒家之风警戒商人之心，足见其儒商风度；“身安茅屋稳，性定菜根香”，以恬然之心淡看物质奢华，获得性灵的自然香醇；“庭前松竹秀，阶前桂兰芳”，以松竹兰桂为喻，寄托清洁高雅情趣；“书田菽粟皆真味，心地芝兰有异香”，人间真味，如芝兰之香，馨香久远……

这手抄本，是已逝先祖的唯一遗存。我默然独坐，一字一字，一行一行，去抚摸这遗留着先祖气息的手稿。财富传家，不过三代；诗书耕读，平安百世。柔软的宣纸上，先祖的温度、气息、风仪，一举手一投足，端庄儒雅。我甚至能看到他气定神闲、伏案信笔，不是挥毫泼墨，不是大肆挥洒，轻轻地，一字一句，从容书写，将一份虔诚的天地敬畏、恬淡的身心修养、忠善的家门家风，写入一横一竖、一撇一捺，几世几代，也没有抬头。世事沧桑，他视而不见、听而不闻，一张薄薄的纸，屏蔽了扰扰红尘的喧嚣与纷争，只留一片如雪洁净。

作为后辈子孙，我无法从这泛黄的纸页里抬头，无法放手一卷轻薄却厚重的手稿，无法释怀一份亲切悠远的追思。他不只是我们敬仰的先祖，言教身传，影响了一代代后辈，践行家训，传承家风；从这个已故久远的亲人身上，我看到一个家族诗书耕读的世传门风，看到一个人堂堂正正的立身之本，不是官位，无关钱财，坦诚、谦恭、礼让、勤俭、知足，于家于国，勤付出，有担当。

故土上的故人尚未走远，九十多岁的奶奶又成了老屋里的老。每次辗转回家，奶奶早就等在老屋院门外。她拄杖而行，腰杆板直，不拖沓，不蹒跚，耳聪目明，健朗，善谈。与她对话，无须放高声音，无须多作解释，即使一些现代的词句，她也懂得。多少年来，她一个人守着曹氏故园，守着老屋，等着疲惫的孩子们回家。作为晚辈，我们看着她笑意盈盈，看着她一天天老去。

老家堂屋，摆放着一个大衣柜，纯木，纯黑，端正地站立着，多少个日子也没挪动过位置，似乎比九十岁的奶奶还老。它漆身光润，肌理细腻，方方正正，像一个品行端正的人，历经沧桑而本色自在。那是奶奶唯一留存至今的嫁妆，三十块银圆打造。我抚摸着它，恍惚间就沉入一个温暖的传说。

那传说飘散成窗外的雪，洁白了一个女人朴素而繁华的一生。

家有女人为安

安，家有女人为安，女人是一个家庭记忆中最温暖柔软的部分。

从造字法看，家，甲骨文会意字，上面是“宀”，表示与房室有关；下面是“豕”，即猪。家，意为屋里养着一头胖胖的猪。猪是温顺、繁殖力旺盛的动物，对古人来说，圈养生猪能够提供食物，给人安全感，因此，养猪成为人类定居生活的实物性标志。

民以食为天，养猪、育蚕、种庄稼是人类得以生存的物质保障，也是农业文明的传播方式。《孟子·寡人之于国也》曰：“五亩之宅，树之以桑，五十者可以衣帛矣。鸡豚狗彘之畜，无失其时，七十者可以食肉矣；百亩之田，勿夺其时，数口之家，可以无饥矣。”陕北陌上有桑树，也有养蚕人，但很少。那里的人主要畜养猪、羊、牛、驴、狗、猫、鸡等家畜。养猪几乎是家家户户的家常事，石头砌成猪圈，石头打成猪槽，固定在猪舍或院子角落。石槽稳当，不至于被猪嘴掀翻了底儿。

在农村生活的孩子，记忆中大多有母亲喂猪的印象。我们的父母以从师为业，但他们从未脱离真正的生活，工作之余，他们辛勤劳作，经营家园。母亲是善于养猪的，小猪被她从集市上或别的人家买回来，黑油油的，两只耳朵翘起来，似乎是孩童最好的活物玩伴。母亲喂猪的心思和小孩子的玩心不一样，她要管小猪的一日两餐，喂它长大长肥，然后卖钱，接济日用。猪的吃食不好，泔水、剩饭、杂菜，拌一点儿粗糠，加水煮熟，倒在石槽里，它一头扎进去，吃饱了才抬头。夏天有苦菜、菜叶等辅料，那就是比较好的猪食了。

母亲总是先安顿好我们的饭食，再端着碗站在猪槽前，一边吃饭，一边张罗小猪吃食，直到它吃饱为止。母亲喂它吃、顺它毛、和它说话，就像待孩子一样。经母亲喂养的小猪，吃得饱，长得快，惹得邻居三嫂子眼馋。有一年，母亲养的猪长大了，不忍杀食，要出卖了，买主想尽办法也没能把猪带走，只得央求母亲把猪送过去。当时已是黄昏，母亲怕天黑赶不回来，就带着我一起去了。晚归的时候，北风清洌，月光明朗，母亲牵着我走在土路上，我们的影子一高一矮，一会儿交错，一会儿分开。月亮也跟着我们走，十里远的土路，我们没觉得冷，也没有害怕。

那是我走过的最幸福的夜路。

可惜，走着走着，母亲不见了，我把她“弄丢”了。

母亲喂猪的情景存在脑海里，像一个特写，永远抹不去。多是傍晚时分，夕阳快落了，母亲站在橘黄色的斜晖里。我从门内望出去，看见她的侧影，短发齐耳，柔顺。光线一点点暗下去、暗下去，把母亲罩起来，很好看。若是冬日风冷，母亲穿着棉衣，系着围裙，湿着手，进进出出好几趟，手冻裂了也顾不得。我盼着小猪赶快吃完，母亲好回家。等到晚上，所有家务都忙完了，母亲才涂上凡士林，就着煤油灯盏，一边烤手，一边往手上呵气。我躺在灯影里，仰头看着母亲，看着看着，就睡着了。

有时候，夕阳还没落山，天还亮着，母亲也吃过饭了，就会拿本书，站在猪槽前看。家里没有独立书柜，书摆放在隔壁窑洞土炕上。这空窑洞不住人，母亲把它打扫得干干净净，放些日常物品，一本本书码放在窗前。我常常钻进去偷看，甚至是一些纸张泛黄的旧书。有的磨损了，有的没有封皮，有的缺章短页，但我不嫌弃，一本一本翻看，不认得的字跳过。不记得那时几岁，我似乎对书的感觉很灵敏，凭着感觉，识字又早，一有空儿，就躲在书中。

有一本《晋阳秋》，封皮磨得残损，隐约可见书名，我看了好多遍。印象最深的是写到土炕上铺的棉被褥，我笑出了声——这不就是我们家的花被吗？当时年幼，从未留意作者是谁，只记得男主人公是郭松，女主人公叫兰蓉。后来才知，这是共和国少将慕湘先生的著作，是以太原抗日民族统一战线斗争为背景创作的当代话本小说。这部小说贯穿着民族化的白描手法。多年以后，我依然能够清晰地嗅到那充满古老乡村意味的风俗画气息，那本旧书却不知道哪里去了。

母亲是我初识汉字和热爱文学的启蒙老师。孩童时期，当我刚识得“天”“地”两个字时，母亲就照着图片给我讲述“天坛”“地坛”。可惜那时我太小，不懂事理，只偷偷跑去看家里那几个大大小小的黑坛子，痴痴地想：“天坛”“地坛”究竟是多么大的坛子？和小朋友们一起玩儿时，我也爱用“天”“地”比拟事物之大，比如“像天那么大”“像地那么大”。也许，童真之心，原本很大，什么都装得下，或者什么都装不进去，只装天地了。长大后，第一次走进天坛和地坛，才懂得为什么在我懵懂之年，母亲就明确地教我“天”“地”二字，教我“天坛”“地坛”。天坛和地坛，真是天地之坛，而不是黄土烧制的陶瓷坛子，那是宏大庄严的祭坛。古人封土为坛，祭祀天地神灵，表达对“万物有灵”的敬畏和崇拜。

母亲离开之后，我成了无家可归的孩子，读不懂自己的生命密码。真正读懂“母亲”的含义，是在阿拉善海森楚鲁。那是亿万年前的海底世界，像一个庞大的石头家园，方圆四十多公里的戈壁上，生长着大到几十立方、小到拳头一般的风蚀原石，形态各异，生动逼真。凤凰、骆驼、鳄鱼、乌龟、情侣、屋舍等，造型奇特，各尽其妙，形成壮观的雕塑群落，尤其是一头猪，胖胖的，垂着两耳，像是睡着了，很安详。海森楚鲁，蒙语音译，意为“像锅一样的石头”。坐在石头的丛林里，我骤然明白：不管什么时候，在什么地方，只要有锅在，母亲就在，家就在，就有亲情血脉的繁衍生息。

母亲生在平凡人家，是平凡人家疼爱的女儿，自从她出嫁，为人妇，做了母亲，便成熟为一个女人，完成了生命的蜕变。我在母亲身上看到的不只是她平凡的品质，更多的是女性的伟大。女人，永远是这个世界上拥有恒久力量的群体，看似弱小，实则潜藏着巨大而持久的毅力、耐力和创造力。平和的日子里，女人并不凸显什么，一旦陷入困境、遭遇灾难，最先扛不住的往往是男人。女人则顾不上抹眼泪，或者根本就没有眼泪，她们紧咬牙关撑着，甚至担起男人颓然卸肩的责任，将母性的能量和光热全部释放出来。

甲骨文中，“女”字像一个敛手跪坐的人形，唯有女人，才会如此虔诚地跪坐在大地之上，敛手、端庄、安详。这是女人的天性，是女性的仁慈，也是母性的博爱。古人造字就是造人间至理，屋下有猪便是“家”，家有女人便是“安”。这“安”是“安详”，“详”是“细密”“审慎”“完备”之意。家有“安详”，就像一间有光的屋子里住着一个温柔的女子，她心思细密，清楚你要什么，而后审慎怎么给予你完备周全的爱意。不管你是她的爱人，还是她的孩子。

女人，永远是这个世界上最温暖的字眼。她是母亲、是爱人、是大地，是陪伴你成长的风。她接纳你、塑造你、雕琢你，包容你一次又一次的任性和放纵，自始至终守护着你。家有女人为安，一个家庭、一个家族，就如一只诺亚方舟，载着一个个洁净的孩子，在风浪里前行，抵达平安的彼岸。

风穿过树林的声音

春漫无边际地深了，冷风依然如刀，天空好像被刮过一层皮，越发地蓝，蓝得有些悲婉。阳光从窗外漫进来，似乎流泻着一些暖意。我想伸手去握，却又冷硬地拒绝这柔暖。潜行于没有父母的俗世底部，春也是单调的、萧瑟的、苍凉的，甚至是荒芜的。我甚至不记得，春究竟是什么模样，或者说，我的眼睛里已经很久没有风景。

风一阵紧似一阵，记忆的书页被翻得飞快，我甚至能清晰地听到那脆生生的声音。我特别怕这脆生生的声音，倘若它有一丝柔韧，就不会被轻易折断。凛冽的西北风，一向是狠狠地刮过，绝不是吹过。吹，是拂过，轻慢，不会带走什么，只会留下些什么；刮，则是快速掠过，力道强劲，“呼——”一声卷过去，便有看不见的故事、情绪、心境被卷得无影无踪，记忆的墙壁上，斑驳的土皮被刮掉一层，又卷走一层。很惧怕过往的日子被猛烈刮走，那会令我锥心疼痛，因为被刮掉的部分终究会散了，再也无法收拢，想要抓住一丝，也是不能。这是岁月的悲凉，也是生命的悲凉，过去没了，根就没了，就像生命远离了，一切便归于寂灭。

每个黄昏都会到那片树林走走，那里有白杨、槐树和垂柳，还有少见的桐树。从春到夏，从嫩黄到青绿，从疏朗到繁茂，每一棵树、每一片叶子都相依走过。夕阳下，树叶泛着嫩黄，轻盈、柔润、诗意，仿佛是另一个缤纷的世界。林子里除了我，没有别人，有风穿过，树静静的，脚步轻轻的。从未见过有谁走向这里，这里好像与世界隔绝了。似乎这林子独属于我了——不，应该是我属于这片林子。这些各种各样的树，四季轮回，自然荣枯，包容了我一次又一次的贸然造访。

渐暗的暮色中，树的眼睁开着，迎接着我温凉的目光。我来这里是为了听风声的——风穿过树林的声音。其实，风没有声音，这是风抚摸树的声音。塞北的风很强硬，强硬到让人畏惧，尤其是夜半楼高，风声尖利刺耳，寒冷彻骨。但穿过树林的风不一样，这风轻柔，温情缠绵而难离难舍。一年又一年，树便在这风声里发芽、吐绿、繁茂，或者飘零、封冻、积蓄。这就像母亲在呵护自己的孩子，看着它们一日日长大，并将生命推向繁盛。

偶尔，风抚摸树的声音也像一声悠长的叹息，化成一片飞叶，渐飘渐远，很久才落地。循着叶子的方向，我听到自己喉间也有一种声音滑向远处，铿然而鸣，掷地有声，直坠入大地深处。是否人生中好多境遇，我们刚刚有了那么一点点设想，便从此天涯？原本，亲人、爱人、朋友，甚至路遇的陌生人，都是呵护我们的风。遗憾的是，生命这般脆弱，呵护你的人就像一缕风，不知何时就停了，只剩了自己独行，漫漫长路尽头，也许只是荒草蔓延。

呵护我的风早已停了，母亲与我已隔天涯。朋友说：“孤独，不在于身边有没有更多的人，只在于母亲还在不在你身边，看着你，握着你的手，微笑。”母亲不在了，我想要的不是母亲握着我的手，看着我，微笑，而是我握着母亲的手，看着她，微笑，但这满足不再有。失去至亲的孤独时时侵蚀着我，当心被掏空无处安放的时候，我就来这林中，闭了眼，听穿树而过的风，竟是那般细微轻柔。树大概也是风的孩子，一棵一棵地长大，一茬一茬地老去。这是树的宿命，也是风的坦然。

突然很羡慕树，一生固守一处，未曾走开半步，却有一世饱满的风景，自始至终，没有空缺，就像一个见惯世间沧桑的老人，静看悲欢离合，不言不语，不慌不忙。树所在意的是一圈一圈生长自己的年轮，人却只活在一生一世，像流星，划过之后永远消失在无边黑暗，不可能再有下一次轮回。

生而为人是无知的，你全然不知道自己、亲人或朋友的生命会在哪里悄然而逝。那种消逝猝不及防，不打一声招呼，不给你丝毫准备，不给你留一丁点儿余地，如飓风，瞬间席卷一切。那么你说，我们是不是应该好好地活着，不贪求，不抱怨，不懊悔，不狭隘，不小气，不嫉妒，不苛责，相依相安，珍惜有限生命中的每一缕光？

惊蛰过后就是春风，春风过了就是清明，温暖的阳光、荡漾的春水、发芽的小草，还有青山之上花欲燃。逝去的生命无法重生，不会像春草再绿，不会像春花再开，但一世一代子孙日盛，便暖着逝去的人，也暖着活着的人。“人生代代无穷已，江月年年望相似。”从某种意义上说，清明给我们的不只是怀念与怅惘，还有大地万物的孕育、滋生和蓬勃。一些风物、生命、故事，在春天来，又在春天去，也如花儿，开了，艳了，谢了，一地落蕊在阳光里融化，化为尘埃。而一树一树杨柳，依然绿油油的，走向下一个季节，树树相望，枝枝相依。

夕阳沉落的时刻，吹过林间的风，在走近，也在远离，远离后又走近。风抚摸着每一条枝干、每一片叶子，树接纳着风，也释放着风，从容不迫，将春天的信息带给人类。花儿安然的终结，也是绿叶蓬勃的重生，循环往复，生生不息。世道沧桑，就在这终结与重生中，接纳了一切生命细节而从不失真。

太阳每天都会升起，只需冉冉。

母亲的顶针

一块平展展的青石上，摊开洗干净的布衣，棒槌就落下来了，一声一声，升起，落下，轻重缓急，极富节奏。这是儿时听惯的声音，有时是入夜，大多时候是刚刚过午。午睡中，我被这声音唤醒，便知道母亲又在捣衣了。我重新闭上眼睛，似乎看见太阳花子从捣衣声中飞溅出来，或跌落在地，或随风而逝。

衣物、被褥、布帘，清洗干净，太阳晒过，母亲便用棒槌捣得平平展展，再晾晒一会儿，干透了才收起来。有时候是捣新缝的衣服，我便站在母亲身旁，仰着头看，等着穿新衣。我狠狠地吸着鼻子，闻那种无可言说的香味，馋极了。那丝丝缕缕的奇香从何而来，阳光、棉布、肥皂、棒槌，还是母亲？

母亲低头看我，笑我傻，手中的活儿始终没有停下。明亮的阳光下，那粗笨的木棒槌似乎幻化为一根纤细的指挥棒，清音如水流泻。

那是来自母亲手心的天籁，我听得如醉如痴。

母亲手指上还有一件物品令我着迷，那是一枚银亮的顶针。顶针似乎成了母亲手指的一部分，几乎不怎么摘下来，除了她走上讲台拿起粉笔的时候。铁的质地，被母亲的骨肉磨得润滑，泛着银子似的光泽。

母亲有两三枚顶针，有一枚被磨得太薄，不再用了。我一次次尝试着将母亲的顶针戴在自己手指上，可惜我的中指太细，拇指又戴不出效果，很是沮丧。我便试着将无名指和小指一起塞入顶针，很疼，指头成了直的，动不了。我只能去找母亲，低头嗫嚅着，央求她帮我摘下来。

十二岁的那个早春，八十一岁的外婆悄悄睡着了。母亲带我去送外婆，院子里人很多，很乱。我从大人们拥挤的缝隙里看过去，一眼就看见一堆物品中闪着一点亮，那是外婆经常戴在手指上的顶针。我低声说："我要……"不知道是谁捡了递出来，我伸手接过，转身跑到碱畔上，躲入一个无人的角落。那个时候，我还不懂生死，却知道再也见不到外婆了。冷风横吹，我将外婆用了大半辈子的顶针握在掌心，像抱着外婆瘦小的身体，小声哭，哭了很久。

二十多年后，母亲也走了，我又紧攥着母亲用了大半辈子的顶针哭。铁皮很薄，针眼很浅，几乎快要磨平了，光滑得像母亲的肌肤。母亲一生从未停止过穿针引线，除了她最后病倒的那两年。我们还小的时候，母亲用它做过鞋、缝过被子、补过衣服，后来我们各自成了家，一些小物件也是母亲做的。

有一段时间，母亲缝制了很多拼接物。她把用过的旧布、穿过的旧衣剪成各种形状的布块，缝制成褥子面、枕头套、窗帘、门帘、坐垫，一件一件，乐此不疲。即使是存放柴火和石炭的小窑，她也做好门帘挂上，干干净净，鲜鲜亮亮。那布帘一直挂着，偶尔摘下来洗洗，又挂上去。父亲走了，它还在，母亲也走了，它还在，哪怕只剩了一半残破，还是挂在那里，谁也没想着把它取下来。

老屋挂着的门帘都是母亲缝制的，布块拼接成多种图案，加一层里子，很厚实。这帘子自父亲在的时候就端端正正地挂着，现在还挂着，庇护着老屋的门扉，也庇护着屋内尘封的记忆。二十多年前，我们自它进门，从它出门，生命中很多细节被它留住。如今，风吹日晒，残破不堪，颜色褪了，形制还在，母亲的针线纹路还在。总感觉那里还有母亲的温度，我却不敢触碰，怕母亲疼，也怕一碰它就碎了。

母亲是个能干的女人，读书教书、种菜收割、家务女红，样样做得来、做得好。她缝的被褥，我珍存了一套；她做的鞋子，我保存了近三十年，想念母亲的时候，就拿出来看看，看看鞋子上的针脚，也看看母亲的顶针。睹物思人，抚摸着遗留母亲体温的物件，非但不能消解对母亲的思念，往往愈是想看，愈加思念。

母亲用过无数次的顶针被我保存了，哪里找的，什么时候找的，已经不记得。母亲一辈子没有戴过首饰，唯有手指上的顶针，几乎成了她一生的饰品。一个用坏了，再换一个，循环往复，以骨肉顶着铁，以铁顶着铁，缝制儿女的衣饰和前程。我不知道母亲一生究竟换了多少枚顶针，也不知道我手心里紧攥的这枚顶针上渗入母亲多少汗水和血珠，我也不记得从小到大穿了多少件母亲缝制的衣物和鞋子，但这铁的记忆是真实的，如此冰冷，又如此温暖。

母亲离去了。在那个朔风凛冽的早晨，母亲化为一朵雪花，飘飞而去，冷风卷走了母亲的所有热度。以后多少日子，上天入地，哪里也找不到母亲的踪影。行走在冷风凛冽的人世间，我只靠着吮吸遗留的一丝热度取暖，一点一点烘干自己阴凉而单薄的身体。这个世界没有绝对的事情，多少自然变幻，多少人事变迁，多少亲人舍离，没有谁可以把控，你连一点儿自主权都没有。你无法按照自己的意志行事，甚至自己的意志也会随着岁月的风逝而淡化，直至消失殆尽。但有谁说过：远离不是远离，走近不是走近。一阵风拂过，仿佛某年某月某一天，父母目送着我独自踏上远去的小路，我的脚底依然是母亲刚刚做好的棉布鞋。

老屋门后挂着母亲用过的鞋拔子，铜质，明亮。自我有记忆起就有它，母亲做了新鞋让我们试穿时，就会用它，脚后跟儿不会被蹭伤。每每看见市面上柔软舒适的老北京布鞋，我会摸摸这双、看看那双，掂量着母亲穿哪双合适，泪就来了。若是看见适合母亲穿的衣服，我会呆立良久，然后怅然离开。

母亲离开的日子里，每当我一次一次闻嗅刚刚洗过的床上用品，或者刚刚熨烫过的衣物，浓浓的香精气扑鼻，远不如母亲捣出的棉花味道。我才明白，木棒槌与青石板妥帖吻合的媒介，既是经纬纵横的棉布，也是母亲温暖绵长的心性。

很多年之后，我坐在窗前，把母亲的顶针戴在食指上，大小刚刚好。我细细地穿针引线，试图缝制出像母亲那样整齐好看的针脚，但针不听话，顶针也不听话，缝出的针脚歪歪扭扭，像初学走路的孩子走出的蹒跚的步子。一不小心，针尖儿刺破了手指，一粒血珠冒出来，手指顶起一朵花。母亲手指上不知开过多少朵血花。

疼着母亲的疼，我将针尖划向发际，一丝轻微的快感遍布周身。我从不知晓，铁和皮肤的接触竟然能生出如此温柔而喜悦的感觉。我再一次看到了母亲，她坐在炕上，身边围着布匹、剪刀、针线。或者，她又站在青石砧前，一阵一阵捣衣声，溅起一朵朵太阳花。

慈悲的村庄

一块粗粝的石头，站在村口，站成村庄的老人，或孩子。

高里寺村，一个古老的陕北村落，安居礼上，只存良善。这是我的祖籍，隶属陕西省榆林市清涧县郝家墕乡。一个被夹在黄土高原山旮旯的村庄，向阳的山坡像一张簸箕，把家家户户的窑洞包裹得很是妥帖，似乎为了与外界隔绝，也似乎为了更好地保护。

村前一条小河潺潺流过，河床不宽，青石底子，蓝格盈盈的，很干净。每一个寻常的日子，男人洗去疲惫，妇女浣洗衣服，小孩玩耍嬉戏，全在这条河里。儿时，我时常捡拾几颗圆溜溜的石子，像弹玻璃球一样玩儿；或者摘几根青草编接在发梢，那小辫顿时风光起来，仿佛也有了绿色的生命。一条河，养育了一村人，也似乎注定了一村人的命运。

村庄以蜿蜒河道为界，分前沟、当庄、后沟三部分。当庄最为开阔，体量也最大，是人群聚集地。门对面一座大山，很高，没有名字，大家出口即呼“门对面”；山顶甚是敞阔平整，大体呈椭圆形。坡地上有庄稼地、高树、青草，沟底有水浇园子地，养着村庄子民的日常琐碎。

前沟也很开阔，杜梨梁、张家沟、蛮婆山，山大沟深，人居不多。杜梨梁上有一棵杜梨树，主干粗壮，枝丫纷繁，像一个子孙众多的老人，昂首背着一个家族，一言不发，望着山巅垭口，站了很多年。张家沟阴阳两坡洼长满了桑树，年年岁岁，果实丰满。桑树很老了，没有人知道它们还能活多少年，还能结出多少果实。后沟稍窄，也幽深，散落着几户数得见的窑洞民居。山峁上，全是熟透了的耕地，晨昏阴晴，走着拦羊嗓子回牛声。

草窑畔是村庄的制高点，几排窑洞很老了，典型的陕北窑洞群落。草窑畔长着很多草，每到春夏，山花烂漫，开得满满的。密稠的香气弥漫在村前村后，给村庄带来饱满的喜气，有一种说不出的意味，很诱人。说不出，大家也都不说，任由花开花谢。

拐沟滩是一片河床上长出的平石滩，高出水面丈八许。河水缓缓流过，偏偏在这里陡然下跌一丈，蓄成一汪水潭，又拐了一个大弯，向前流去。那一汪水很清，不深，七八岁的男孩子玩水，刚刚好。夏天，光屁股的小男孩儿泡满水泊，水从来不嫌孩子们多，滑溜溜地从他们的腋窝、腰间、股沟游过去，竟分不清是孩子们耍水，还是水在戏孩子们。

似乎为了呼应草窑畔上的草，拐沟滩上一棵草也不长，全是青石。滩不大，也足以供村民们在劳作回来时坐下歇歇，磨磨脚，蹭掉农具上的泥土；或者茶余饭后聚一聚，这家的男人，那家的女人，三五人不等，绝不会超过十个人，你说说，他笑笑，都是些家常话。

小孩子则钻到石窠里玩闹，也笑，也哭，大人们从不参与。

拐沟滩下藏了一个一个小石窠，很有规则，像是河流赐予村庄的一些小窑洞。那是孩子们的天堂，藏猫儿、过家家，俨然是另一个小村庄，上演着各种悲喜剧。

石滩下一河清水，自顾自地往东流去。它好像不长眼睛，也不长耳朵，只有脚，不停地走。没有人知道，它多久才能走一个轮回，多久才又流过这个村庄。

夏天，偶尔暴雨，山洪入河，水就涨了起来，漫上石滩。滩上走过的脚印、说过的话、做过的事，都被淹没了，冲刷得干干净净。待洪水退了，大家又从这里走过，上山劳作，或者赶集上会，一切重新开始，仿佛谁也不记得昨天发生了什么事。拐沟滩仿佛成了一个聚宝盆，取之不尽，用之不竭。很多年过去了，滩上的人和事，不增不减，来了去，去了来，了无痕。

儿时的记忆里，村庄宛若一个浑然天成的城堡，一东一西，藏着两个神奇的生灵：石鱼与飞龙。村子东头，河床宽阔，水泊中安卧着一条石鱼。石鱼最初很小，我的三爷爷说它只有石碾盘那么大。后来，它渐渐长大，鱼头接近对岸，就要连成一体了；鱼的尾部也长出几条小鱼，像是大石鱼的孩子。村里人为这一奇观欣喜不已。村子西头，连绵的山脉一贯而下，如一条巨龙。两条小河，潺潺而过，恰好聚合在龙头处，水脉丰沛，汩汩而流。飞龙一定是口渴了，探入河中饮水，静听一世繁华一世消。

数百年前，我们的先祖跋山涉水来到这块风水宝地安居下来。虽然他们没有为后辈留下清清楚楚的宗族谱系，却传承了明明白白的家族姓氏——曹氏。曹姓是中国传统姓氏，即使无法探寻与自己切近的宗源从哪一脉而来，我也时时为拥有这个渊源古老的姓氏而自豪。我模糊记得的祖辈们都是平凡百姓中的平凡人，既没有文成，也没有武就，但他们是黄土高原上默默生活过的一辈辈。他们渐渐远去的背影，并没有因时间流逝而模糊，反而因为村庄的成长而更加清晰。

老学校颓败的窑洞里，立有一块古碑，字迹漫漶，依稀可辨。据记载，这里原有乡庙“高礼寺”一座，明嘉靖中叶塌毁，清嘉庆二年重修。僧人安居寺中，以善感善，淳朴民风。老戏台屋檐前，悬挂着一口老钟，铁锈斑斑，隐着古村的秘密。这钟铸于清康熙十三年，铭文记，高里寺村原本曹、薛、董、李四姓聚居，曹氏为庄主。先祖曹建宾生育四个儿子，依次为曹国明、曹国正、曹国成、曹国泰，幼子国泰夭折，留存三子，延续三门。数百年来，大伙遵从三大门头，红白喜事都要聚在一处。小时候不懂，看到铭文那一刻才知晓，我们一村人就是一家人。

多年之后，秋天之末，凉风乍起，我站在村庄的山坡上，看落叶满地，草窑畔的草花儿又谢了一回，拐沟滩上的脚印又走了一遍。一场盛大的焰火，燃在村庄，每一座山、每一道梁、每一条沟都载满了沉甸甸的秋。谷子、高粱、玉米、棉花、豆荚，这些黄土地喂养的庄稼，长大了，成熟了，立在秋阳里，一副满足的姿态。

村头的两棵老柏树，是村里最老的长辈，见证了古村的兴起、发展、繁盛，依然风骨遒劲。它们挺立在土地上，储藏了太多的岁月风霜，也记忆了太多的温暖瞬间。村庄很老了，树也很老了。倘若要问此程为什么回来，大概就是为生我养我的土地，为平凡而勤劳的父老乡亲，为生命的另一种存在形式。这一片温暖的土地，古典的传说之上，还生长着古典的树，守护着村庄的性灵，礼尚、良善、慈悲。

这慈悲的村庄，你将如何安置我？

或者，我该如何安置——你这慈悲的村庄？

中庭树老阅人多

整个村庄静寂了，唯有树上的蝉，不分白天黑夜地鸣叫。

老人们坐在大树下，似乎成了树的一部分，他们甘愿像树一样紧闭嘴巴，却永远不可能像树那样始终站在一个地方。从苗芽扎根大地的那一刻起，树从不游移，也不虚飘，直立在高于人的领空，俯瞰着芸芸众生的悲欢喜乐，不言不语。一棵老树，满树枝叶，就是他成千上万的眼睛，那神一样明亮的眼睛，足以看见人一天天老去。

人却早早离树而去，连一片落叶也留不下。

树在人的手掌中被动生长，人主宰了树的命运，树却远远比人久长。人的悲哀在于，只能看见一棵棵手植的树像孩子一样长得茂腾腾的，长成材，或者长成风景，却不能看见树一棵一棵老去。这是永恒的自然法则，也是村庄得以存活下来的命脉。有树的地方就有村庄，有村庄的地方就会有人不断地栽树。村庄很老了，树也在老，具有悲剧意味的现实是——树的子孙，祖祖辈辈都站在村庄；村民的儿女子孙，一代又一代地走出去，少留恋，也不回头。

树站在原地守着村庄，与树稳坐在一起的只有迈不开腿的老人。

他们整日不说话，或许是没话说，或许是没几个可以搭伴说话的人，于是渐渐静寂了。一辈子看过的纷繁世事，一天一天向后退去，退到很远，退到够不着的地方。日常琐碎也都散去，缩减为一日三餐，夜晚和白昼同样漫长，似乎日升月落也不太分明。不可否认，他们的语言功能日渐衰退，眼神也日渐迷蒙。他们眼里的世界，只剩下门对面那座高山，那棵孩童时你争我抢嬉闹摘食的杏树还在，大片的庄稼地却荒芜了。那些被他们的锄头反复清除的野草依然在疯长，秋天穗子上饱满的颗粒与他们再无交手之缘。

人不如树，人也不如草。

秋天一天天地来了，村庄里的老人一天天地少了。老水井旁，那棵大槐树下，几块石床上，放着几块沾满尘土的坐垫。坐过的人刚刚起身离开，稍不留意，便在某个深夜沉沉睡去，再也无法醒来。他们去往土地深处居住，再也不回来和他人做伴、闲坐、絮叨。老树始终不说话，石床也不说话，流水自顾自地，与日升月落一起厮守。

老井的水依然流得很旺，村前一河清水却越流越少，细得没了影儿，隐入青草深处。也许是一条公路侵占了河道，也许是三十年河东三十年河西，河床改道，河水流散，总之，那条清澈见底的河不见了。当年孩子们玩游戏、藏猫儿的石窠子，也被修筑公路的黄土压入河底。石头被深埋了头脸，无法呼吸，失却硬气和雅气，生满杂草的河床便带了些尘土气，一脉细流也有了些乡野气。

宽阔的河床上长满杂草，草滩上站着几头牛。牛已经很少耕地了，而是吃成了可买卖的肉牛。人对牛的角色变化并没有多少感慨，依然好生喂养。牛不用再吃鞭子，摘下牛笼嘴，从黄土山上走下来，走到河滩上吃草，渴了，就伸长嘴，探往隐入草丛的细流，喝几口。水不清澈，牛也喝得不顺口，咳嗽着，直喘气。人便说，这牛也变得娇气了，要喝自来水。牛不会说话，如今“哞——哞——”声也很少听见了。

牛和牛，吃着各自脚底的草，彼此之间，绝少呼应。

拐沟滩下，走遍河床，找寻不到那一潭深水——响岔泊。

一河清水流过，从丈八高的河床冲出，猛然下跌，形成一挂小瀑，响声如雷，积成一潭水，“响岔泊”由此而来。水流长期浸润，石河底长满了深绿色的苔藓，很滑腻。那是男孩子戏水逗乐的地方。每到夏天，大中午，水晒热了，胆大的男孩就光着屁股，坐着水瀑往下溜，像鱼儿一样，潜入深水。好一会儿，他们才冒出头来，绿油油的水潭里飘起几个白白胖胖的葫芦。

一群又一群葫芦娃，那可是村庄的命根子。

当年，村里的男人们在哪里洗浴，并不确定。他们似乎无须太过顾忌，往往在耕作回来的路上，或者跨过河流的时候，顺手洗刷，也不需要毛巾和香皂，水是最好的洗涤剂。他们一个个光着黝黑的脊背，那长满老茧的粗糙大手，拍得水花四溅，油亮的皮肤上缀满了水珠，周身泛起一种随时可以爆发的力量。洗干净了，一膀子扛起农具，就往家里走，身后跟着吃饱喝足的一头牛或一头驴，或者三五只羊。

村庄靠着这些男人活着，男人则靠着女人活着。

响岔泊上游，河水转了一个小弯，流出一个较为隐蔽的地方，那是女人带着小女儿洗身的地方。她们从来不会说“洗澡”，只说“洗身”。女孩十几岁发育成人，每个月羞涩几日，也说“洗身”。洗——身，多好的一个动词，携带着多好的一个名词，干净，清爽，又有一丝神秘，那种意味远不是“洗澡”能比得上的。那是一汪椭圆形的水域，像一面小湖，青石底子，很平展。夏夜，暮色笼罩过来，蛙鸣此起彼伏，偶尔有几声狗吠，黑夜成了一个巨大的罩子。女人们便在这罩子里放开身子洗，消暑，也消遣，彼此嬉闹，放声调笑，洗去泥污，也洗去疲惫。朦胧的夜色中，土炕上生长的那点事，似乎带了些蠢蠢欲动的胆量，也带了些肆无忌惮的尽兴。洗干净的身子，披着月色，或星光，像深藏谜底的谜语，期待打开。

只不过几十年，那条河居然不见了。

其实细算起来，她并没有走过多少年，走着走着，就不见了，一脉细线隐身于青草苍苍。似乎还有一点儿水声，蛙鸣却几乎听不到了。几只黑色的蜻蜓从草尖飞来，落在少有的几块石头上，起起落落，没有声息，宛如几个戏水的顽童，水却再也润不了清脆明亮的童音。

多年前戏水的顽童老去了，那个名叫葫芦的男孩老成五十多岁的受苦人，耗尽精力气血，在一个暗夜悄悄睡去。他八十多岁的老父亲号啕大哭，哀声穿过密集的树梢，化为凄切的蝉鸣。

童年的记忆还在，童年的村庄却变了模样。唯有固守原地的老树，依然一年一年长出一圈一圈年轮。走过老树，走遍河滩，却再也找不到年少时洗衣的那一河蓝石头底子。河水退去了，似乎那些在两岸生长的故事也随之悄然散去。野草依然疯长，长成了气候。井子湾崖畔上，薄薄的土层上，开满野韭花，像一群白蝴蝶，落在草尖，轻盈而灵动。

我和妹妹蹲下来，一朵一朵，掐一把野韭花。

父亲和母亲的村庄

蝉鸣渐渐弱下去，却不知是谁猛地敲了一下老钟。

村庄颤抖了一下，又一次打起精神来，四处张望。

那口悬挂了三百多年的铁钟，声音浑厚，穿过大山和沟壑，寨子山、蛮婆山、黑皮洼一起响了，回声绵长。草窑畔、拐沟滩、过道塬，那些已经沉睡的伙伴们，一个个活泛起来。第一个人还没喊出口，一串串名字就随地站起来，你呼我喊，前拥后簇，径直往后庙湾的学校去了。

后庙湾的老学校早已没有人声鼎沸，几排窑洞空荡荡的。院子里杂草丛生，蒿草、艾草、卷耳、车前草、锯锯草、苦苣菜、棒头草、狗尾草……有的长了一人高，有的爬伏地上。高于草的人，隐身其间，找寻钟声。几百年前铸就的老铁钟，依然挂在老戏台屋檐下，康熙十三年的记事铭刻在铁锈上，往事历历在目。高里寺庄主曹建宾和他的四个儿子——曹国明、曹国正、曹国成、曹国泰，依然活在锈红的生铁上，一个个曹姓汉字，明亮如花。

学校还是父亲年少上学时的学校，只是野草满地，难以涉足。我靠近父亲当年穿着一身破单衣烤火取暖的灶房，细细探看，屋内堆了许多杂物，一件件尘土满面。多年前，父亲被伙夫允许课间来取暖，他站在火炉旁，手中拿着一本书。我不知道父亲和母亲结婚后在哪孔窑洞办公，但知道哪一孔窑洞都留有他们的气息。母亲说，那些深冬寒夜，父亲晚上在家办公，抱着我小小的身体，说我是他的小火炉。两三岁的幼孩，深夜熟睡，她如何能感知年轻父亲的欢喜和幸福?

我也想象父亲在这里教书时静坐听唱片的情景，一丝若有若无的旋律从草尖响起。父亲善作画，我见过他自订的彩色画本和集邮册，也听过他吹口哨，偶尔哼唱，却不知晓年轻的父亲还会坐在书桌前听唱片。

那一个个美好的时刻，母亲在哪里呢？她就在父亲身边吧。

多年前的一个夏天，二十四岁的母亲，穿着白绸衫子，背上一顶草帽。她从父亲借住三爷爷的那孔破窑洞里出门，走向后庙湾的学校。我的三爷爷叹息着说，母亲不会在父亲身边待几年，这个穷家福不住这个好女人。母亲当年绝没有听到这句话，她依然早早起床，走上村前那条土路，往返于家园和学校，完成着妻子和教师的天赋责任。

母亲白天忙，晚上还要做家务。晚饭后，锅碗洗涮干净，天全黑了，母亲便点燃煤油灯。我们姐弟仨早已经上炕，铺开棉被，欢喜戏耍。大多时候，我和妹妹逗弟弟玩，给他戴上妹妹天蓝色的风雪帽，嬉笑着叫他“三女儿”。弟弟还小，踩在棉被上，走得很不稳当，摇头晃脑地笑。他把两根长带子抓在手中玩，或者放在背后，扭着身子，甩着假辫子，似乎真成了母亲的三女儿。多年后，母亲的“三女儿”仰头看着高出他一头的儿子，照看过孙儿的爷爷奶奶已远隔天涯近二十年。

那些温馨的夜晚，年轻的母亲一边看着我们玩，一边微笑着往手上涂凡士林，然后站在煤油灯火旁烤一烤，才脱了棉鞋上炕。这个时候，母亲依然不能睡，她还有很多活计要做，纺线，或者搓麻绳、纳鞋底。母亲的右手上带着自己缝制的布套子，但手掌还是被绳子拉伤，留下很多细痕，时间久了，变黑了，一道一道，很醒目。母亲用开裂的双手干活、做饭、做针线，却从不说疼。她所在意的只是天冷了，孩子们的冬衣有没有缝好，暖鞋有没有做厚实。

母亲针线活儿做得好，被邻里妇女夸赞，她也担水、浇地、种菜、施肥、播种、锄地、收割……为了替父亲分担，为了喂饱三个孩子，为了供养孩子们上学，母亲学会干所有农活。不管多么艰难，她都费力去做，地里的庄稼和园子里的蔬菜生长得像模像样。

我那在天堂的善良的三爷爷，总该放心了吧。

他结结巴巴的口舌，会说一句什么话呢？

年少时，大概有两三年，父亲带着一家人搬出三爷爷的那孔破窑洞，住进了老学校二斋西头的两孔窑洞。如今，学校废弃了，有人在窑洞门前拦起栅栏，那里便成了一群羊的栖息地。我和妹妹在上院和下院流连，草多，露珠多，美好多，伤感也多。近三十年过去了，母亲和父亲一起工作过的老学校早已没有老师和学生。我们搬离了家园，学生搬离了校园。

空荡荡的院子里，长着一簇一簇补血草，枝枝伸展，开满白色小花，像星星。我和妹妹摘了一大把雪白的小花，带回家，插入玻璃瓶，放置窗前，一窗阳光，明媚而伤感。

母亲啊，你若见这小花，便如见你的两个女儿吧。

父母离开多年之后，我们姐弟仨才敢直面长满荒草的家园。惴惴然走到门前，打开房门，走进一家人日夜生息过的屋子，生怕惊扰了父母留恋老屋的魂魄。多少次睡梦中，我依然相信父母在阳间的日子还没有走完，那么，他们如何会远去？倘若他们无处可去，一定还会回到这老屋吧？尘埃满面的我，站在尘埃满面的灶台前，泪如雨下。母亲用过的水缸、风箱、刀子、案板、碗筷、笊篱、马勺、瓢、盆……一应俱全。它们和我们一样，是失去母亲的孩子，再也没有一双手来抚摸它们，擦拭它们的身体。

我和妹妹扫尘、除草、洗涤，锅、碗、盆、碟、勺、铲……都是当初的模样，一件一件都洗净擦干，放回原处。我才知晓，母亲一辈子一件器物用到底，旧了，破了，也舍不得扔，修补修补，用了一年又一年。我们也舍不得扔，每一件都是父母的心血啊！苦难的生活中，他们多久才会添置一把筷子、几只碗，或者一口缸？

妹妹说："洗洗都放到原位置，要不然，你换了地方他们找不见。"

母亲啊，若你有知，就常回家看看吧。

你和父亲商量一下，看看我们打扫的家园，你们还满意吗？

乡村的夜静得出奇，坐在黑漆漆的夜色中，犹如置身空洞，感觉村庄空荡荡的，似乎岁月风啸抽走了一切。唯有此起彼伏的蝉鸣从高树上传来。一个季节过去了，单饮露水的蝉，一声声清鸣，似乎在告诉我们：时间并没有停下来，你和你与生俱来的村庄，都在时间的淘洗中渐淡渐浓。时间不可能停下来，人也不可能停下来，大概我们能够拥有的只是一些抓不住的落叶，随风而散。但即使如此，我们还是一次又一次执拗地重回故园，重温故人，怀念远隔天边的父母和乡亲。

多年前，村庄是我们渺小身体的栖息地。多年后，我们尘埃满面，回了故园，住在老屋，扫尘、拔草、煮饭、洗衣，踏踏实实，做了安居村庄的人。我们不是归人，不是过客，也不是嫁出去的女儿，我们是村庄尚未老去的孩子。

第四辑　细雨闲花

《圣经》中说："光本是佳美的，眼见日光也是可悦的。"光来自外物，也来自心底，我们需要走在光的通道上，以光接纳光，以光反射光。

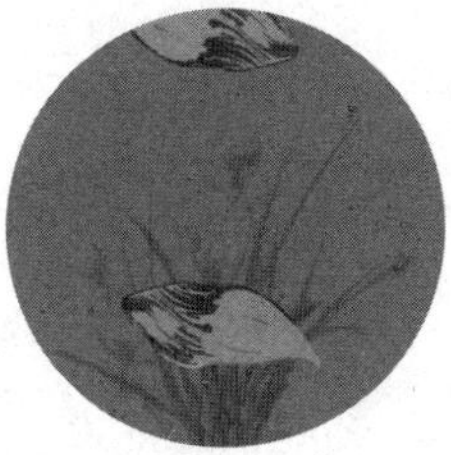

细雨湿衣看不见

细雨悄悄落过了，地上湿漉漉的，深夜她来，我竟熟睡无知。大概世间好多物事就是这样来去悄然，寂静无声，或者早已喧腾过，你却毫无知觉。人们总是在不经意间错失真正的美好，只有怀一份闲情之人，才可于无声处细细体味，神游方外，心无旁骛。

古人有“细雨湿衣看不见，闲花落地听无声”，毛毛细雨，悄悄然润湿了衣裳，着衣之人却毫无知觉；树上的花开过了，凋谢了，谁也没有听到她落地的声息。这诗句极好，也极安，好在一个“细”字，安在一个“闲”字。似乎这细雨必得有这闲花来陪，才算得上良辰美景、赏心乐事。倘若有心在细雨中静看闲花无声而落的曼妙，沉入难得的自然意境，又有谁会感叹花儿的飘零呢？

这是唐代诗人刘长卿的《别严士元》：

春风倚棹阖闾城，水国春寒阴复晴。
细雨湿衣看不见，闲花落地听无声。

日斜江上孤帆影，草绿湖南万里情。

东道若逢相识问，青袍今已误儒生。

这首诗作于诗人被贬将要赴任之际。江南水城，春风乍起，寒意袭来，他启程赴远，行船停泊在姑苏城外。故友严士元前来相送，两人默然相对，百感交集，瞻念前途，就像变幻莫测的天气。刘长卿于唐玄宗天宝年间中进士，唐肃宗至德年间曾任监察御史，战乱起后，不知所终。就是这样一个不知所终的古人，为我们留下了一份温润闲情的诗意。

春阳中读好诗，我坐在时光的缝隙里，感觉着来自四面八方无形无色的光，仿佛自己也成了光的一部分，探寻了时光赋予人心的隐秘。行走世间，人与人之间的很多缘分就像细雨湿衣，看似近了，其实又远了，不是她没来，而是我们没有感觉她，没有给她抵达的通道。

自然界中有这样一种现象：当一束光透过胶体，从入射光的垂直方向看，可以观察到胶体里出现一条光亮的“通路”，这叫丁达尔现象，也叫丁达尔效应。清晨，茂密的树林中常常可以看到从枝叶间透过的一道道光柱，这就是那条光的通路，云、雾、烟尘就是胶体，做了传递光的介质。

人生旅途中，生命之光从你不知道的远方而来，柔柔地穿过，那些看不见的微尘就是无形的胶体，做了光的媒介，成了彼此的通路。你所要做的就是，迎着光而去，穿透尘埃，走过那条通道，与光的温度相融相生。尘埃就是烟火世俗，我们奢求蓦然回首的惊喜，也要珍惜烟火世俗的相逢。比如陌上相逢，偶然交汇，某种触觉瞬间被攫取，无可逃遁，你会懂得和感恩另一种生命存在形式对你的滋养；比如纸上相遇，文字也是有灵魂的，读人与读书都是光与光的通道，让生命多一个出口，那些故事、情绪、情状、梦境，虽是寻常细末，却能感应你的灵魂；比如曲上相闻，倾听一首乐曲，自我之心与乐流之脉互动，就像是一个灵魂去迎接另一个灵魂。

人之相与，或远或近，都有一种穿透效应，或者说心灵感应，只不过，我们看不到那条无形通道。那通道便是一种缘。有的人你想近却近不了，有的人你想远也远不了，这并不以谁的意志为转移。无缘人即使碰面，也只是擦肩而过，是路人，不会有遗憾；有缘人总在刚刚好的时候相逢，在刚刚好的时候明白该明白的。为了这刹那的相融，人们甘愿倾尽一生，牵牵绊绊，安心守候，直到那份天定的使命完成。

故而，这一场红尘旅程，你不会无缘无故走哪一条路，也不会无缘无故与某一个人相逢，每一段不期然的偶遇都是上苍馈赠的礼物。一条小路上，总会有一个人与你迎面而过，一份默契刹那滋生，生发出心灵的相透。这些真实的生活细节，是朴素的人性之光，穿透纷繁世事的尘埃，直逼你的心灵，纠缠着你的九曲柔肠，安抚你单薄的生命。不管什么样的人世机缘，人与物、物与物、人与事，即使是花草、树木、山水，遇到了，就是彼此疗伤的药。

你若不伤，我又怎么会走近你、怜惜你？

但凡人间百味，棱角相触，枝节相依，倘若彼此滋润，则柔软圆融。人与人的相遇，就如星光与星光的穿透。不管任何时候，总有人正从世界的某个地方朝你走来，像光那样，从一颗星抵达另一颗星，完成光与光的传递和通达。不管是亲人、恋人、朋友或陌路人，我们都因相遇而感恩，因感恩而相守。这是人类的本能，也是人之为人的本分。当你为一份遥远而切近的物事动容时，你对生命的感知也会得到另一种诠释和升华，以达另一个空间，如同另一种哭泣。

细雨湿衣看不见，没有刻意，没有目的，没有矫饰。这次第润湿的过程隐藏着一种看不见的力量，统摄着我们干干净净的灵魂。南怀瑾先生说：“情之为用，非专指男女间事，若扩而充之，济物利人，方见情之大机大用。”人人生而有情，远不止男欢女爱、亲朋相守，它是爱，是付出，是彼此的养护，是林间呢喃、草上虫鸣，是细雨湿衣、闲花落地。广而言之，人之情乃家之情，家之情乃族之情，族之情乃国之情。人与人、民族与民族、文化与文化，心存善意，方得大用。

雨后沁凉，风无声无息，轻柔到极点。阳光隔着玻璃漫进来，流泻着暖意。顺着光，可见高远的蓝天，大朵大朵的云飘着，也像是浮着，风做了云的依托。一些低云挨近了窗，仿佛一伸手就摘到一片轻柔。阳是生命的需求，光是抵达的终点，不要躲在黑夜的暗沉中不肯出来，不要冷硬拒绝这阳光的柔暖，心存阳光，便可暖了自己，也暖了他人，即使四季风烈，也不会太冷。

《圣经》中说:“光本是佳美的，眼见日光也是可悦的。”光来自外物，也来自心底，很多时候，我们需要走在光的通道上，以光接纳光，以光反射光。

几个名词的素白

器物是寻常人家的物件，存水、藏粮、煮饭、盛酒、祭祀、点灯照明……一件件素朴的器物，不管大小，不论材质，盛的是有形之物，打开的却是天下大道，如一豆灯火，燃起光明。光明所向的地方，必然产生物、产生画、产生诗。从某种意义上说，源远流长的中华文明，就是从这些来自泥土的器物中站起来的，蹒跚起步，一步一步，走出“物中诗”与“诗中物”的绚烂光华。

鬲，形状像鼎，口沿外倾，古代煮饭用的炊器，三足中空，可容物，便于加热炊煮。在那个遥远的时代，先民还没有创造出多少文字，更不识“鬲”，只用泥揉捏出某个物的模样，加火烧制，一件器物由此诞生。这个缓慢的过程中，没有炫耀的私心，也没有排他的功利，更没有彼此之间一争高下的纷扰，他们沾满泥土的双手，只用来谋生。鬲是一种寻常容器，但这并没有阻碍它成为诗人笔下的美好意象。这种粗朴的器皿，最早出现于魏晋时期左思的《娇女诗》：“并心注肴馔，端坐理盘鬲。”左思诗文绝妙，两句十个字，摄取了一个温馨的日常生活场景，物人同处，各具情态。

古人会煮，也善蒸，甗，是一种蒸食器。甗，自“鬲”而来，它的下部是“鬲”，上部是“甑”，上下隔着一层有孔的“箄”。“鬲”中蓄水，“甑”上蒸物，一汪清水滚沸，就是一屋香喷喷的人间烟火气。陆游《道院遣兴》诗云：“甗炊青饭留岩客，露点朱毫勘玉书。”不管他当年多么不得志，待月东升，月下留客，蒸一笼青饭，写几个闲字，亦是人间一大快意之事。

罂，是一种大腹小口的瓦器，用来汲水、存水，也可以盛放粮食。李贺《染丝上春机》云：“玉罂汲水桐花井，茜丝沉水如云影。”李贺一生艰难，英年早逝，这首诗却写得意趣盎然。他选择物象独辟蹊径，遣词炼句不落窠臼，诗中一口清冽甘甜的桐花井，水波凌凌，照出玉罂、茜丝、云影的模样。作为一个过客，或者一个旁观者，他深情的目光打量着眼前的人与物，一个“玉”字将瓦器“罂”擦洗得光色温润。

簋，是古代用于盛放熟食的器皿，圆口，圈足，两耳或四耳。古人从没有刻意地将日常生活诗化，但他们耐下心来对待每一个细节，温煮慢饮，把生活过出九分诗意。苏轼《石芝》云：“跪陈八簋加六瑚，化人视之真块苏。”这首诗前有一则小序，记述他从前梦见自己吃石芝，如今果真得之于海上，欣然至极，便与其弟子由烹而食之。此中雅乐，亦如“日啖荔枝三百颗”之生趣。

人一旦食饱，便要喝足。酒，作为饮品，自然而然地出现了。樽便是一种满足饮酒之乐的器具，圆腹或方腹，长颈，敞口，口径较大。古人以“樽”入诗者居多，如李白“人生得意须尽欢，莫使金樽空对月”，苏轼“人生如梦，一樽还酹江月”；欧阳修一句“尊前拟把归期说，欲语春容先惨咽”，则引出“人生自是有情痴，此恨不关风与月”之卓然名句……人生苦短，他们以樽盛酒，大杯豪饮，酣畅诗意人生，流传千古佳话。

觞，也是一种古代常见酒器，外形椭圆，平底，浅腹，两侧有半月形双耳。东晋末年，会稽山上，群贤毕至，曲水流觞，以酒赋诗。他们多么自在幸福，饱览山川之秀美，享受兰亭之雅集，还为后人留下千古《兰亭序》，文章与书帖俱为绝世佳品。李白写诗更是有趣，一轮明月居然可以用几十个物象来比喻，大樽饮酒的谪仙人如何会忽略“觞”？“昨日登高罢，今朝更举觞”，以觞入诗，为他又添了一份仙气。

盏。大樽饮酒，曲水流觞，大都是古代士人的日常风流，青瓷杯盏则是女子的闺中小器。李清照“三杯两盏淡酒，怎敌他，晚来风急”，以杯盏盛放愁绪。李易安半生飘零，老年凄婉，一盏热酒，又如何抵御晚来急风之寒？她以卓绝造诣，自成一家，但早年的曼妙温暖最终成为沉重哀伤与深切孤独。或许，正是人生的大不幸与社会的大动荡，提升了她的词格和人格。

对酒当歌，人生几何？很多时候，一杯水酒，大概真的可以消解愁肠。唐代山水田园诗人韦应物说：“我有一瓢酒，可以慰风尘。”这诗有苍凉悲慨之痛，更有洒脱豪放之美。在他的人生意境中，饮酒的房舍之事，似乎成了尽兴的山野之趣，随意举一瓢酒痛饮，就如随性舀一瓢山泉水汩汩入腹，滚滚红尘中诸多尴尬境遇，均随风散去。

器皿是有感情的，物我敬畏是相互的。日本美学家柳宗悦在《工艺之道》中说：“良器能纯化周围的一切，人们的心慌意乱，也能因此而心平气和。若没有器物之美，世界将一片荒芜。”阳光朗照或月明之时，或烹煮食物，或慢泡清茶，或酌酒几杯，一盏小豆，如良人相伴。那些好看的器物，以一种平和的姿态与你温馨相伴。其实，人的命运和器皿一样，器从土中来，人归土中去，人间安宁，万物如斯。

楼前芳草接天涯

一场好雨潜入静夜，万物都被她偷偷润透了。鸟儿欢鸣，叫醒第一缕晨曦，草叶上的露珠悄悄诉说着昨夜的喜悦，转瞬便消逝了。一丝清水，随了轻风，依了晨光，顺着叶片上一道道经脉流远。

又到了“楼前芳草接天涯”的季节，只可惜这“楼”越来越高，“楼前芳草”却一寸一寸地缩减。若想要体验那份天涯芳草的绵长情意，只能单凭文字意境了。这是周邦彦的《浣溪沙》：

楼上晴天碧四垂，楼前芳草接天涯。劝君莫上最高梯。
新笋已成堂下竹，落花都上燕巢泥。忍听林表杜鹃啼。

“天涯”与“芳草”，这是两个不可分割的美丽意象，仿佛一旦有“芳草”，便自会蓬勃向“天涯”，天涯尽头也皆为芳草。这首词中，一个漂泊游子又见楼前芳草绿，竟然怕得不敢独上高楼。堂下新笋已成竹，落花新泥也粘上燕巢，又是一年春草绿，自己却仍飘零在外。他黯然神伤，不忍听林间子规哀啼。

周邦彦，北宋末期著名词人，字美成，号清真居士，钱塘人，精通音韵，格律谨严，留《清真居士集》，已散佚。其词作多写闺情、羁旅，也有咏物之作，长调尤善铺叙，旧时词论称他为“词家之冠”。纵观唐宋词体之流变，一为花间词人温庭筠，二为奉旨填词柳三变，三为大开词境苏东坡，四为布衣清客姜白石，五为集大成者周邦彦。温飞卿开雅词之先河，柳三郎扩小令为慢词，苏东坡以诗为词，姜白石布衣清客专业作词，周邦彦则集大家之风一脉流长。周邦彦的词语言典雅、文句婉转、意境深情，为北宋的傍晚留下一抹酡红，我们才得以在绚烂霞光中聆听大宋风雅之余音袅袅。

古人吟诗，坦荡天然，从不雕饰，你听，有一个人这样说：“平生不会相思，才会相思，便害相思。”古典时代，男子宦游在外，女子闺中思念，一种情怀，两处闲愁，闺怨诗大多抒写闺阁女子独守思念的空茫与悲凉。吕本中一阕《采桑子》却独具一格：“恨君不似江楼月，南北东西，南北东西，只有相随无别离。恨君却似江楼月，暂满还亏，暂满还亏，待得团圆是几时？”

吕本中，南宋初词人，绍兴六年（1136）赐进士出身，后因忤逆秦桧而被罢职，晚年深居讲学，留有《紫薇诗话》《紫薇词》等。《采桑子》借明月倾诉离别之苦，上阕描写别后相思幸有明月相伴，下阕以月亮“暂满还亏”比喻人的暂聚久别，白描顶针，回环跌宕，颇有民歌风味。诗中“恨君”乃“思君”，一说妻子之思，一说丈夫之念。其实，爱很昂贵，需要彼此付出生命中最温润的部分，自古相思皆然，怎会只集于女子一身？多情男儿的相思也刻骨。或许，以男子口吻叙一叙“恨君不似江楼月”与“恨君却似江楼月”矛盾交织的痛楚更为妥当。

且听他说——多年来，漂泊于东西南北，唯有这明月随行相伴，才少了些许暗夜的孤单和凄楚。今夜，泊船水岸，幸好有明月相伴。江畔楼阁的倒影酣睡水中，悬挂楼角的那轮月也静静入水相伴。独守这天上水里的月亮，心下难安，恍惚间，泪湿青衫。我不忍自己幽深的叹息跌落，惊扰江月的酣梦。这水中之月虽然不可近取，尚且能痴贪地看着守着，而远在万水千山之外的你，竟是连望也望不得。

我恨啊，恨你不似这江楼明月，东西南北，相随于我，于我相随。我恨啊，恨你竟如这江楼明月，暂满还亏，还亏暂满。我守着月的盈亏，却无法守着你的圆缺，你的盈亏圆缺竟全然由不得我。月圆的时候，你缺；月亏的时候，你也缺。你这空悬的冷月啊，何时能圆？

身非形影，何能动而辄俱；体非比目，何能同而不离？相思别离之苦情，最见人间凄楚。冷月尚有盈亏，思念的人却是渺不可见的茫远。游历在外的男子，不只担负着自己的明天，还要撑起整个家族的未来。他们不得不走往远处，前途却不是归路，之间苦楚，唯一弯冷月相照。他眷恋着的人，犹如镜里拈花、水中捉月，拈不得、捉不到。

大概就是因了这种种人生的不得意，我们才得以共享好诗。自古至今，耽于仕途的人，即便拘囿于世俗的围城，也会以文字为触须伸出围城之外，向着阳光的方向。人间正道，最是沧桑，风行水上，逆舟违势，旋涡迭现，文人难当，正直文人难上加难。尴尬之际，进退两难，当君子之信难立、儒者之任难成，唯以文字寄心，悬一挂云帆，托于清风明月，临江酾酒，沽取一脉清香，让灵魂得以栖息。

春夜子时，月亮又准时挂上天空，这样静的夜晚，这样清的月色，断是不忍睡去的。江水一汪，想要抵达彼岸竟是那么难。望月怀人，怀人望月，相别之人，望不到彼此，便只能望空悬明月，聊以慰藉。月色清凉，就月读诗的人，吟诵之声尚未落地，耳际即闻子规悲啼，即见芳草又绿，绿向天涯。这就是诗歌千年不减的诱惑和魔力，它会无端惹人怅惘、感慨，所咏之情究竟是乡思还是相思，早已不那么重要了。

那么，芳草，且随我天涯。

机中织锦苏若兰

三月春风醉，玉兰开了，花瓣舒展，花香馥郁，开得奔放，落得决绝，花期只是十日。这就像一个清洁自持的女子，从不拖泥带水。嗅着疏朗清淡的馨香，去倾听一朵幽兰的空谷清音。

她是苏若兰。年少时，我的芝兰母亲第一次对我讲起她，她的美丽和才华，她的纠结与执着，她为情而织的“璇玑图”。那时，我并不懂得她在经纬间织就的伤痛、哀婉、矛盾和希望，只想着如何才能看到“璇玑图”。长大后，穿行于人间现世，见惯诸般女人风情，依然固执地惦念着那一株开在远古土壤上的兰：苏惠。

苏蕙，字若兰，与蔡文姬、谢道韫并称“魏晋三才女”。苏若兰生于陕西扶风美阳镇，自幼聪慧，擅长刺绣，精通诗文，十六岁许配给窦滔为妻，夫妻恩爱。后来，窦滔拜为湖北襄阳安南将军，苏若兰因他与歌姬赵阳台有染，拒绝同往，窦滔便携歌姬远走赴任。

苏若兰悲情自伤，夜不能寐，悲愁郁结，无从排解。她辗转反侧，仰望暗沉沉的天幕，星子璀璨，像一双双温柔的眼睛俯视着她，似乎在怜惜她。夜夜复夜夜，情思悲惋，凄楚无助，只有玄妙有致的星辰能给她一丝光亮和温暖。某一夜，她仰观天象，参透玄妙，顿悟璇玑之理，织锦一幅，作回文诗，成“璇玑图”寄夫。窦滔终于识得若兰心思，送走赵阳台，备车以盛礼迎苏若兰归于汉南，恩好愈重。

秦川女子苏若兰，缘情巧作回文诗，织锦而成“璇玑图”，史上有记，民间也有传说，千古称奇，后人莫能先者。而我更在意的，是她亲手织就的“璇玑图”。这幅回文织锦图以五色丝线织绣，共八百四十一个字，分二十九行排列而成。正中央空出一眼，称“天心”，魁星居中不动，八百四十一个汉字灿若繁星，绕其运转，不肯离心。

苏若兰将织锦名为“璇玑图”是有缘由的。璇玑，泛指北斗，镶嵌夜空的北斗七星像一把钥匙，开启了她的情志慧心。苏若兰心底也藏着一把锁，那锁里封存着她的爱意和尊严。她开启了这把锁，黎明骤现，韶光再华；她紧闭了这把锁，北斗星沉，朝日不升。千回百转，她选择了宽容和争取，放下尊严，低到尘埃里，以爱心为经，以丝线为纬，将一份痴心柔情织入锦帛。苏若兰的聪慧在于有意空出“天心”，一幅锦帛图状如一把空心锁，知之者可识，不知者望之茫然。窦郎啊，若你懂得若兰苦心，则情爱不灭，此生再继；若你难识若兰痴心，则此情不在，此生不继。苏若兰终究是幸运的，他的郎君得此锦幅，读懂盈盈情意，打开心锁，重续一段姻缘佳话，被后人传唱。

千年之后的某个夜晚，李白仰观天幕，目如星光，大胆构想，成一首《乌夜啼》：

> 黄云城边乌欲栖，归飞哑哑枝上啼。
> 机中织锦秦川女，碧纱如烟隔窗语。
> 停梭怅然忆远人，独宿孤房泪如雨。

世人见惯了诗仙的飘逸洒脱，却没想他也会为这千古女儿劳心劳力。他化历史云烟为怅惘设想，还原了苏若兰的生命伤痛：夕阳暗淡，返照城郭，成群的乌鸦从天际飞回，盘旋着，啼叫着，将栖未栖；秦川女儿苏若兰，端坐织锦机前，隔窗远望天涯，乌鸦尚知黄昏回巢，远在天边的你，什么时候才会归来？多少个如水清夜，碧纱如烟，她停梭怅然，相忆远人，独宿孤房，泪落如雨。

这诗极好，善于大胆想象的诗仙，似乎看到了她伶俜的身影，听到了她的低声言语，以诗的平仄剪辑了一个特写镜头，定格于艺术画廊。当然，即使他未曾重现苏若兰之悲怆画面，只一幅“璇玑图”自己说话，也足以让我们看到古代女子的聪慧和决绝。苏若兰是远在魏晋的女子，却能主动把握自己的情感命脉，何等不易。抛开至情，单就这一首回文诗也足以让她千古传名。朱存孝《回文类聚序》云：“自苏伯玉妻《盘中诗》为肇端，窦滔妻作《璇玑图》而大备。”令我们感叹的是，从《盘中诗》发端至《璇玑图》大备，“回文诗”这一独特的诗体，首创于女子，又完备于女子。大汉王朝，古蜀之女，一曲《凤求凰》，卓文君夜奔司马相如，痴心相随，当情命危浅，她也是作一首回文诗，以文字砌墙，守护了自己固若金汤的城池，归兮来兮，凰兮凰兮。

中国古代女性是挣扎在生存边缘与生活困境中的，但岁月风尘淹没了她们的沧桑容颜，水边的女人却并未远去，阴柔与阳刚之美在她们身上熠熠生辉，至今鲜亮如初。自古才情难分，缘情而才，为情而才，卓绝才华皆由万般情思而来。那些兰心蕙质的女子，终其一生，为爱而生，为情而终，倘若情爱之苦不得宣泄，则以隐晦的方式表达出来，柔肠百转，诗也回环，只为决绝而不舍。正是这种发自本心的生命光芒，才成就了“回文诗”这独属女子的千古绝唱。

苏若兰已远，她的“烟隔窗语”穿越时空汩汩而来。若干年后，我们依然清晰地看到，她优雅转身的瞬间，盈盈眉眼处，那份卑微的哀婉已悄然抹去，只留华美的生命乐章，潺潺而动。

第三只耳朵听香

柔脂一样的雨线，斜斜地织着，不闻雨声，只见雨的网，织了散，散了织。屋檐下，一枚清亮的雨珠，像一朵莲的密语，轻轻叩响深宅。半坡的茅草、秘境的印记、丝竹的锦里、白夜的茶香，红尘喧嚣，被水汽悉数吸纳，濡湿一些干渴的词语。

古蜀的水分，这么足，这么细滑，似乎吸一口就可以饮出一眼清泉。雨中老城，细密、温婉又疏淡，没有凝重和伤情，氤氲着一种近似远古的味道。她很安静，很守本分，一种彻骨的安静，一种本位的守分，不与谁争风吃醋，有点儿古雅，有点儿孤芳自赏，却一点儿也不骄矜。细雨轻尘，若薄雾，从宽宽窄窄的小巷漫出去，漫回来。草木青葱，在屋前屋后疯长，弥散着缕缕馨香。街道湿漉漉的，延伸向不可知的远处，白墙黛瓦的房舍，一排排铺开，长成了巷子的左手右臂，老街就躺成了千手观音。

微雨清亮，明明暗暗地闪烁着，来了去，去了来，置身其中，如聆听曲风清明的天籁。它有风一样的流线，摄取浮躁，荡涤积尘，每一个音符都传达出对人生与世界的感知，物我合一，一切皆空。其实，空的状态不是什么都没有，而是没有什么可以再融进去。安坐宽巷子，意境朦胧，心怡神安，用第三只耳朵听香，心房处于一种极为充盈的态势。

漫步浮世之上，转眼就到了江油。李氏宗祠藏在蓊郁的草木中，藏得不深，隐在云层。老屋黯淡，微光从天井漏洒下来，酒水一样，弥散着雍容大度的盛唐之香。江油之水天上来，江油故里，李白没在，刻在石头上的汉字，飘散着他洒下的酒香，唐宋不减，明清难消。李白在石头上饮酒，坐着，卧着，笑着。他生在酒中，活在石头里，一棵又一棵老树，长成一地酒杯。他随手摘一片叶子，蘸着月光，只一口，就饮下半个盛唐。你看，三百杯刚过，他就呼唤着岑夫子、丹丘生，微醉着，大笑着，仰着头颅，走了蜀道，上了剑门关，做了“百年诗酒风流客，一个乾坤浪荡人”。

你们啊，身前身后的你们，就等着细数白发吧。

一种潮湿的气息排闼而来，怀揣着一滴雨的温度，回到浣花溪。

一条锦江，守着源水，敛着气度，流淌着大唐之风。杜甫草堂，柴门始开，只为迎后来君子。风从门前拂过，一如熟悉的呼吸。轻叩门扉，一个声音在说：“厚重木讷仁慈天下，仁者也。”杜甫是仁者，生之艰难凄苦，命之心悬天下，今夕何夕，一直背着沉重的负荷，背得尴尬、疲惫、恓惶，任谁看了，也不忍。李白永远是昂着头向前走，他可以漫不经心地走，也可以任性狷介地走，骨子里的傲岸将不屑与藐视踩在脚下，一路不休，从不回头；杜甫不是李白，万方多难，他一直低着头，眼睛向下看，看到生灵涂炭，听到沉郁悲声，伤人之所伤，痛人之所痛，一肩挑起古今愁，一生不肯放下。

望江楼上，古井旁边，一抹斜阳，几树琵琶，何处是校书门巷？

千年前，那个表字“洪度”的女子，八九岁能诗，十六岁入乐籍，脱乐籍后，退居浣花溪为女冠，六十三岁终老，一生未嫁。寥寥数字，寂寞一生，仿佛这个女子就这样简简单单地落入岁月深处。其实，她的生命洪流惊涛骇浪，但周旋于政治漩涡的孤单女子，终难免因世事风雨而大树倾倒。虽然她以饮露而食的蝉自喻，历史还是上演了一幕悲喜剧，后人望着她寥落的背影，唏嘘不已。

“风花日将老，佳期犹渺渺。不结同心人，空结同心草。”这诗有冰凉的悲愤和清醒，就如她写给韦皋的《十离诗》，一地留一首，一步一叩首，自降尊严，自贬人格，惹韦皋怜惜，留她在身边。如果说薛涛孤单一生尚有庇护的话，还是韦皋。韦皋镇蜀二十一年，薛涛诗酒唱和，应酬周旋，是韦皋给了她表演的舞台，给了她足够的保护。

一场场欢宴，觥筹交错，又一双温和谦恭而寂寞深藏的眼睛深望薛涛，那是武元衡——武则天曾侄孙。他曾任四川节度使，温雅沉静，持身正气，不喜浮华，爱惜薛涛才情，上书为其请名，卑微乐妓最终以“女校书”千古留名。日影飞去，有关薛涛的人事都走了，锦江水岸，只留她一人汲水、制笺、写诗，粒粒琵琶，是诗笺上甜蜜的注脚。

穿雨而过，青草如涛的女子，汲水而上，手制粉笺，展宣研墨，一纸粉笺，染成风流。女作家肯尼迪对她的姓名提出一种富有诗意的解释：“薛涛者，草也，涛也。薛涛者，青草如涛也。芳草遍野，生机勃勃，春风过处，犹如大海波涛。”望江楼上那一副楹联，“古井冷斜阳，问几树琵琶，何处是校书门巷？大江横曲槛，占一楼烟雨，要平分工部草堂”，不仅概括了她繁华而寂寞的一生，也将她的诗才与杜工部相提并论。

有此殊荣，我虽无言，薛涛，你可以瞑目了。

从浣花溪走出，夜色中锦里的灯笼，红出隔世的暖意。成都是一座弥散着梦幻气息的城，她以土藏戈，不为都城，自成良池。用第三只耳朵听香，水鱼、日影、月光、风声，耳目所及都是诗。无论你走近或远离，身心都会沾染迷雾一样的巫气。

无言独上西楼

下了一场大雪，空气很冷，雪很暖。北方的旷野上，棉花一样的雪飘扬在细微的风香中，清冽而温润。江南的小桥流水，定读不懂这塞上荒原的辽阔苍茫。这个端庄而肃穆的冬雪意境上，却浮起一句“无言独上西楼，月如钩”的秋意，像疏淡的画外音，不绝于耳。

历史的帷幕拉开，李煜寥落的身影踏雪而来，吟出一阕凄婉苍凉的《相见欢》：“无言独上西楼，月如钩。寂寞梧桐深院锁清秋。剪不断，理还乱，是离愁，别是一番滋味在心头。”《相见欢》又名《乌夜啼》，李煜自述囚居生活，抒写离愁别恨。“国家不幸诗家幸，话到沧桑语始工”，千年前的那个秋夜，梧桐凋落，枝叶萧瑟，亡国被囚的李煜独困深院，寂寞无人语。

子夜清寒，一钩残月，满地清辉，他彳亍寒秋，独上西楼，望尽天涯路。高墙深院，锁住了寂寞梧桐，又怎么锁得住寂寥清秋？一弯新月如钩，李煜的夜却再也没有新意，梧桐的寂寞，一如他的寂寞。冷夜如斯，木叶如霜，飘上凄凉的肩头，又纷纷跌落，宛如被撕扯的旧梦，飘零一地。那是他昨天的故事，也是故事中今天的他。梦醒时分，繁华散落，沉厚的悲凉如一柄生锈的剑，在体内磨成一种日渐生长的痛，阵阵袭来，不尖厉，却蚀骨穿心。

一把无形的铁锁，锁住他的眼睛和喉咙，让他喘不过气来，弥天的孤独淹没了他。孤独并非无言可诉，而是无人能与之共语；孤独不是对自我生命的悲叹，而是对人生世界的清醒深味。每一种孤独体验都会使人更深地回归内心：陈子昂独登幽州台，逆风而歌，怆然涕泪，是他的孤独与自足；屈原遭遇放逐，独自清醒，上下求索，九死无悔，是他的孤独与富有；阮籍猖狂，穷途末路，痛哭而返，是他的坦途和狂放；嵇康桀骜不驯，临刑抚琴，一曲《广陵散》是他倔强生命的凌空绝唱……这些绝世的古人，淹没了世俗的自己而拥有了个性的自我，保守了灵魂的纯粹和高贵。

做个才人真绝代，可怜薄命为君王，文人才子，或者没落帝王，李煜无法为自己选择。自从他做了帝王，那把金光闪闪的龙椅就压折了他的精神主干和情致枝丫。他本不求威仪天下，但愿性情而为；他崇尚的不是武力与征战，而是春风化雨的诗意生活；他手中之笔能绘出千秋美文，却无法使臣子们忠心归属，也不能将国家治理得井井有条。当然，历史总是循着看不见的规则前行，亡国可耻，却使得偏安一隅的南唐之君成为千古词帝，才有了这些赓续后世的泣血秋词。

秋，本是作物成熟、喜庆丰收的季节，却也是秋风萧瑟、万物凋零，成为一种独特意象而演绎悲怀，在一页页沉甸甸的纸张上低吟，将哀怨失意、孤独悲凉浸染得凄凉迷离。万千青山遮不住秋风漫卷，文人墨客禁不住愁肠百转：从“悲哉秋之为气也”的吟唱，到“秋风萧萧愁煞人”的悲叹；从“嗟秋日之可哀兮，谅无愁而不尽”的歌咏，到“黄花深巷，红叶低窗，凄凉一片秋声”的感怀……自古逢秋悲寂寥，这个收获的季节却在古代文人的笔下染上了浓郁的悲秋情怀，自然之秋与文化之秋彼此相融。

我国古代悲秋文化中，秋天似乎专属于中国传统知识分子。大概唯有这个季节才能代表他们的真实追求和真实无奈，在共同文化背景下成长起来的中国传统文人，会不自觉地继承“悲秋”情怀，也会不自觉地被这种情怀感动。李煜是个文人，一个诗意文人，这个世界，他来得迅疾，走得孤独，那个七夕之夜，他举杯饮尽一生一世的不圆满，凄凉而去。多年后，邓丽君将《相见欢》演绎成歌，人们再一次听到他如泣如诉的悲吟，看到他诗意华美的精神风骨。

宗白华说：诗人善醒，他能透彻人情物理，把握世界人生真境实相。从李煜的悲凉深处走出，你会发现读诗并不是一件容易的事，在其内或在其外，体味与感触必定不同：在其内，真味在心，不负斯生；在其外，心念渴求，陶醉享乐，即使无法再靠近一点，也无悔。当然，能走近美丽已是人生乐事，沉入其间，心会柔软起来，滋生出一些言不明的妙处，隽永而深远。

一笔文心，祭他千古，李煜以生之苍凉给了自己一个精神故园，也以词之华章留给世界一片精神领地。他的词作必将引领一代代后人走向高地，并借以安顿自我和他人的灵魂。倘能如此，我们读诗的心便可以放开来，一些刻骨的伤痛也渐渐消减。生命时时有困顿，却也处处花开，这份美好，也是面朝大海，春暖花开。

难怪，那个海的儿子说：春天，十个海子复活。

月在梧桐缺处明

醒来的速度是稳定的，不是快，也不是慢，刚刚好。知觉从四肢末梢往回收缩，一点一点靠近心脏、大脑和思维。这个过程静悄悄的，没有一丝声息，就像月亮升起或沉落，世界一点点明朗起来，或者一点点黯淡下去，她从不开口。

在氤氲着秋意的子夜醒来，夜色淡了。此时无声胜有声，流泻如水的月光中，有人望月长叹："天。休使圆蟾照客眠。人何在，桂影自婵娟。"这是宋代诗人蔡伸的《苍梧谣·天》，极简，也极美，天、月、桂、客，意象分明，寥寥十六个字，字字如水，横空而来，倾泻而下。起句看似突兀，却合情合理，他似乎把"天"当作亲人、恋人、朋友，直呼其名，迫切地呼出难耐的思念，创设出一种令人回味的艺术氛围：天啊，你不要让这一轮圆月照得我无法安眠。皓月当空，孤身而卧，月宫桂影，空自婆娑，却不见伊人倩影。

伊人何在？

伊人也在望月。你看，她素衣一袭，发髻轻绾，倚窗而立，独自望月。一弯清月，点透浓墨一样的黑，亮起一抹暖。细看那月牙儿，竟是一幅人脸侧影，眼眉轻蹙，微微颔首，看着女子，似怜其孤独。相思悲苦，竟苦到月儿去了。这是宋代诗人朱淑真的《秋夜》：

夜久无眠秋气清，烛花频剪欲三更。
铺床凉满梧桐月，月在梧桐缺处明。

这首诗是朱淑真悲凉生命境遇的浓缩和隐喻。秋月清凉，铺满床席，月光透过婆娑的梧桐叶影，懒散地投射下来，摇曳而梦幻，仿佛不可追的昨日和不可知的明天。四野空明，一地凄冷，梧桐缺处，一轮月明。悲凉无处诉，空坐到三更，烛灯微亮，一节一节地燃烧，频剪花烛，淡夜长。她手把剪刀，一节一节剪去灯花，也剪掉一节节生命。这是许许多多个夜晚的重叠，剪碎爱，剪碎希望，一地灯花遗落，就是她被剪碎的一世红尘。

朱淑真，宋代钱塘人，号幽栖居士，聪慧，善读书，工诗，能画，通音律，风流蕴藉，遇人不淑，抱屈而死。她的作品多幽怨，郁结感伤，留有诗集《断肠诗集》和词集《断肠词》。识得朱淑真，缘于“月上柳梢头，人约黄昏后”。有人说，这诗出于欧阳修，我一直固执地以为只能是朱淑真，这多少有些执拗，但我坚持这份执拗。

《生查子·元夕》：

去年元夜时，花市灯如昼。
月上柳梢头，人约黄昏后。
今年元夜时，月与灯依旧。
不见去年人，泪湿春衫袖。

一次偶然的湖上相约，一位飘逸男子走进她的生活，两情缱绻，缠绵悱恻。元夕夜，花灯亮，一街明如昼，避开热闹，他们去了水湄柳岸，悄悄相约，静静欢悦。谁曾想，月儿又悬柳眉，灯花燃放如初，他的身影恍惚而逝，吹箫归去又无缘。

她站在旧时光的缝隙里，泪湿青衫，不见去年人。

这是朱淑真生命里那场短暂的爱恋，今夕何夕，悲喜错落，曾经拥有的美好倏忽即逝，一种无可言说的迷离和伤感，空悬柳梢头。她的初爱如一粒朝阳下的露珠，转瞬消散，无影无踪。而后，父母之命，媒妁之言，陷她于生的绝境，她尝试过，也妥协过，最终希望破灭。

世间哪有尽善尽美，人间情爱，终有痴情儿女，轰轰烈烈地起，冷冷清清地终。于是，她潜入自我意识的底流，以文字抒写情绪，成为凡俗生活的唯一可能。她渴望现世情爱，需要把自己投放到一份爱中，也需要被爱；又觉得所有美好都是虚设、是幻境，悲愁盈笺，痛楚吟咏。

《秋夜》和《元夕》这两首诗，以月抒怀，通篇只一个“怜”字。这个婉约素丽的女子，不甘心如此命运，终其一生都在希望和无望中挣扎，满腹才华在哀婉的浅吟低唱中流失，饱满的生命气息在无奈的期盼中消耗殆尽，飞鸿缥缈，只留下几行语焉不详的简介和一个“断肠”之名。

朱淑真一生孤寂，如叶飘零，无人捡拾。她本来是一棵树，但根被斩断了，叶子尚且没有充足的滋润，更别说开花结果。宁为玉碎，不为瓦全，就那么决绝地做了自己的选择。从此，婉约的宋代，杭州，一个才华横溢的女子，日夜憔悴在如酒的春风里，任谁也无法再打开她生命中艳丽的情怀。其生也，忧愁郁结，悒悒抱恨；其死也，不能葬骨于地下；其诗也，竟为父母一火焚之。

后人大多记住了“月上柳梢头，人约黄昏后”的浪漫诗意，却忽略了朱淑真的空落、怅惘和痛楚。千古女儿悲：蔡文姬悲于身处乱世、骨肉分离，凉薄也罢，温暖也罢，至少还有亲人惦念；薛涛悲于一生无依、倾世孤独，还有些随性的热闹和繁华；李清照悲于家国同悲，至少在寻寻觅觅中完整了生命的过程；朱淑真则悲在情感凋零、生命凄凉，渴求完美却未曾完整。质本洁来还洁去，后人只能和着流转岁月之长风，听她婉转耳语，诉说曼妙如烟的心事。

元好问为一双雁写过一阕词，他说：“问世间，情是何物？直教生死相许。”其实，情动于衷，动的还是人心，“雁”只是一个诱因。心有灵犀绝不是一点通，那是天生的相通，不需佛指一点。纷纷红尘，芸芸众生，没有谁是谁的唯一，但总有一个人是你心甘情愿的沉溺。所以，人们很珍惜这种既定的缘，愿意以一生岁月来守候。

这个心念柔软的黄昏，三月又绿了，月儿又挂上柔柳枝。一年又一年，元宵时节，蓦然回首，那人还在灯火阑珊处。长烟深处，秋风萧萧，蔡伸也罢，朱淑真也罢，借月抒怀，为后世留下精美辞章，千年共享。那是倔强的灵魂呼吸，不只为自己。

文人的寂寞说给繁华

姜夔，是宋词国度里婉约风华的一页。

喜欢叫他“白石”，不愿称他“白石道人”，仿佛有了“道人”的字样，整个人都虚飘起来。其实，他是一个踏踏实实的人，一个靠谱曲填词养家糊口的文人。姜夔是第一位以清客身份谱曲填词的文人，一生布衣，远离喧嚣，专心乐曲经营和文字推敲，以词曲织就华丽的生命底色，倾其一生，只做好一件事。这份灵魂的自由，足以使他点准音韵穴道，打通生命脉络。

翻开词体发展史，格式化简介只传递出一个信息：这个人一生硕果累累。实际上，人们往往在看到成果的丰碑时，不可避免地忽略了扎实的底座。王国维在《人间词话》中说：“古今词人格调之高，无如白石，惜不于意境上用力，故觉无言外之味，弦外之响。”这“格调之高”或许可以定位为个体生命意识的强度。姜白石词作风格冷峻，笔调清绝，毫不掩饰地张扬着生命个性和文化个性，充溢着一种冲出有限时空限制而获得的生命欢愉或悲愁。

且读姜夔《扬州慢》:

淮左名都，竹西佳处，解鞍少驻初程。过春风十里，尽荠麦青青。自胡马窥江去后，废池乔木，犹厌言兵。渐黄昏，清角吹寒，都在空城。

杜郎俊赏，算而今重到须惊。纵豆蔻词工，青楼梦好，难赋深情。二十四桥仍在，波心荡，冷月无声。念桥边红药，年年知为谁生?

这阕词意境清寂，格调清空，逆光千年，一抹残照隐隐，姜夔打马过处，正是竹西佳处。十里清风掠过，尽是青青荠麦，春风不度，扬州路空。自那场战火烧过，固若金汤的城池废弃了，澎湃如潮的江水安静了，高大的乔木战栗着，树的眼睛里满是惊恐和不安。夕阳退去，清角吹寒，荡满空城而没有落声的地方。独行扬州，只听得废池乔木心有余悸的低语，应和着他孤单的马蹄声。

下马轻移，他生怕马蹄声会再次惊醒刚刚安睡的扬州梦。循着旧日时光，一条河一条河地游，一座桥一座桥地过，一棵树一棵树地走。水静默了，桥孤单了，树被灼伤了，疼痛穿透树心，一道又一道疤痕，若干枯的眼。他久久伫立，抚摩着树的疼痛，凝视着树的眼：待明年春来，树啊，你还可以活过来吗?

杜郎，十年扬州，一世俊赏，倘若你重回歌吹扬州，定会惊讶繁华燃过的冷寂。纵使豆蔻词工，青楼梦好，也难赋满眼凄凉。时光无法穿越这盛世的悲凉，十年一觉醒成一场空梦。夜静之时，一片薄薄的月光悄然摊开，二十四桥仍在，哪里寻得玉人吹箫？一弯冷月，荡入江波深处，分外空寂。桥边红药，流年开放，花落意冷，溅起一江的疼。

繁华一时的扬州，被战火烧成一地凄凉，寂寞的姜白石以一曲《扬州慢》繁华了彼时的寂寞。千年之后，扬州因了这阕清词而历历增色，任谁阅读扬州都会沉入一场古典的想象。

姜夔，你又如何繁华自己的寂寞?

姜夔出生于书宦门第，幼年随父受教，得父辈文墨交往的熏陶和城市歌舞的浸染，擅长诗词，谙熟音乐；后经亲友介绍，就学于诗词名流“千岩老人”萧德藻，得其赏识，并娶其侄女为妻。自青年时期起，姜夔广为交游，往返于江淮湖杭，结识了当时的宿儒名士，如范成大、杨万里、辛弃疾等人，丰富了学识，提升了诗词和音乐的创作水平。留《白石道人歌曲》八十多首，其中有十七首自度曲，并注有旁谱，是流传至今的唯一完整的宋词乐谱资料。

姜白石为人清高，布衣终身，辗转江湖，境遇尴尬，却从不曳裾豪门，只以诗词、音乐及书法与人交游，并借此谋取生计。其词作多为记游、咏物和抒写个人身世、离别相思之作，偶尔也流露出对时事的感慨。前人言：“白石词风神潇洒，格调高旷，素淡幽远，简洁淳雅，以清冷刚健的笔力开创了风雅词派。”六十年的人生旅途中，姜夔始终沉沦下僚，湖海飘零，但他狷洁清高，才情超拔，以乐唱情，以词抒意，一生沉吟，终生为文，成就了一介布衣的绝世繁华。

倘若说，一个执着于生命意义的古人，其全部华彩浓缩在一诗一词，姜白石则站在音乐与文学两座大山之间，似一条山间清泉，潺潺而流，为自己凉薄的生命之旅和拍。他一袭青袖藏指，以清绝的姿态，在历史的筝弦上轻轻一拨，落指成彩，澎湃了音乐之海，强劲了诗词之韵，蓬勃了生命之魂。就历史意义而言，一个执着文人的终生悲情，远不止我们所读到的若干凄苦，但万千悲苦莫过于“文章信美知何用，漫赢得天涯羁旅”，于寂寞姜夔而言，已足够繁华。

文人的寂寞说给繁华，一个文人可以这样寂寞地活着，已是繁华。拂去历史的尘埃，翻开一页页故纸，一个个已故的生命依然鲜活。白石性情词境正如一轮皓月，清洁圆满，这与他尴尬的人生境遇无关。我以隔世的眼光观照他的生命履痕，竟未见一点圆满的迹象，但正是这不圆满成就了他生命气度的风华。他是寂寞的，也是繁华的，难有安身立命之地，却幸得清洁性灵之所。

这样的一生，是他写得最好的一阕词。

尘世冷夜，读一阕姜夔词，取暖。穿透千年尘烟，渺渺太湖水上，一叶扁舟，一个清瘦的身影，一管箫声幽咽，和着一阕新填的词，袅袅不绝。那便是一袭青衫、舒卷自若的文人姜白石。“自作新词韵最娇，小红低唱我吹箫。曲终过尽松陵路，回首烟波十四桥。”（姜夔《过垂虹》）这个人用一生写词，如果我们一生竟不记得他一阕词，独立之时，必惭于影。

江淹《恨赋》言：“自古皆有死，莫不饮恨而吞声。”每每心惊不已，落字成文，只为心念古人，饮恨吞声而死，却能温暖含笑而生。

落花人独立，微雨燕双飞

八月风起了凉意，秋不可抵挡地深了，深在落叶的脚步里。即使时光跌落一地，那一片柔软的黄叶也藏着温暖和诗意。我常常逆了时间的光，御风而行，潜入岁月长河，寻访那些卑微却高贵的灵魂，触摸一根根水骨。

宋代词人晏殊与其子晏几道并称“二晏”。晏殊一生通达，官至宰相，生活与仕途的顺意局限了他的词作题材，他多抒写男女爱恋和离愁别恨，文辞珠圆玉润，风格清丽淡雅，感情基调雍容和缓，淡淡的忧愁中透露自我解脱的气度，留一册《珠玉词》。晏几道词承“花间”，语淡情浓，浅处即深，艳而不俗，回肠荡气，给北宋后期词坛涂了一抹异样的亮色，有《小山词》传世。

大晏为人为官太顺当，只是在小心翼翼为官之余填词怡情；小晏则不然，磊落轻狂，纵弛不羁，文章翰墨，自成规模，一生傲骨不改，词品乃人品。北宋屡战屡败，南宋苟安一隅，这样的生存困境使得宋朝子民心有郁结而不吐不快。诗人词家以自己的方式表现生存之困苦、探索之迷茫、选择之彷徨，以及丧失希望的绝望，记述零落成泥碾作尘的生命抗争，以寻找适合自己的诗意生存之所。

且读小晏《临江仙》：

梦后楼台高锁，酒醒帘幕低垂。去年春恨却来时。落花人独立，微雨燕双飞。

记得小苹初见，两重心字罗衣。琵琶弦上说相思。当时明月在，曾照彩云归。

这阕别后怀思词是小晏的传诵之作，深婉沉着，记述了梦境猝醒后的苍凉，堪称婉约词中的绝唱。晚春，微雨，落花，意境的帷幕刚刚拉开，便呈现出一种梦幻迷蒙。醉酒醒来，楼台高锁，他孤独伫立，怅然远望高楼，还有高楼内紧锁的门扉。往日无限事，春心难再寄，想当初，小苹初见，一身绣装，两重罗衣，纤指婉转，琵琶弦上低眉诉相思，歌罢舞歇，当空明月照，她飘然而去。

如今之明月，犹当时之明月；如今之人事情怀，已大异于当时，昔日欢宴之所，早已人去楼空，细雨迷蒙，落花纷飞，燕子双双飞。

词中的小苹是实指。小晏《小山词·自序》记：当时沈廉叔、陈君宠家有歌姬莲、鸿、苹、云，每得一词，即授予吟唱，三人持酒听之。后来，陈君宠疾废卧家，沈廉叔下世，昔之狂篇醉句，遂与两家歌女俱流转于世间。小晏与莲、鸿、苹、云四位卑微歌女之间的悲欢离合，真挚而深情，他在词中直呼其名，抒写了对她们凉薄命运的伤感。年年明月依然，彩云安在否？

白居易《简简吟》："大都好物不坚牢，彩云易散琉璃脆。""彩云"借指美丽而薄命的女子，小晏词中以"彩云"摹写美好不再的空寂。这并不难，难的是空寂中依旧惦念，执着到了痴境，便只有小晏了。

小晏之为人，忠纯真挚，孤芳自洁，穷困潦倒却未失真心，很难与一般俗人合流。他的生命因落魄而华美，他的词句因清苦而俊逸，他将一生心血融于真情，镌刻入词作，直白而不浅俗，情淡而意深浓。人无完人，一旦有了本真的自省和担当，境界就不一样了。小晏乃性情中人，活得真诚，写得坦荡，人性词情合而为一。倘若以时间为序，把小晏的词作梳理出来，必定能够看到他清晰的生命脉络，叶上筋脉，一根一根，清晰可见。

坦坦荡荡的小晏，就这样坦坦荡荡地讲述着过往的欢愉和如今的伤悲。人立落花，双燕栖雨，是小晏的烂漫情怀，也是忧伤刻骨的肝胆相照。人之相知，如切如磋，如琢如磨，有多少人可以像他这样，敢于拿得起，却不舍得再放下？小晏以这等情怀相待，难怪红巾翠袖宁愿以卓绝才情与婉约心怀，温暖他落魄人生的尴尬境遇。

每读辛稼轩《水龙吟》，就看见这江南游子站在落日楼头、断鸿声里，“把吴钩看了，栏杆拍遍，无人会，登临意”。几个简简单单的方块字，写尽壮志难酬的尴尬和无奈。我们的英雄独自登临，看了吴钩，拍遍栏杆，无人领会其登高临意。“倩何人，唤取红巾翠袖，揾英雄泪”，千古浮游意，当寥落的背影渐渐淡出历史尘烟，英雄最后的清泪只能是“唤取红巾翠袖”来揾。

黄庭坚《小山词序》为小晏一生做了相宜的评述：

> 余尝论：叔原，固人英也，其痴亦自绝人。爱叔原者，皆愠而问其目。曰：“仕宦连蹇，而不能一傍贵人之门，是一痴也。论文自有体，不肯一作新进士语，此又一痴也。费资千百万，家人寒饥，而面有孺子之色，此又一痴也。人百负之而不恨，己信人，终不疑其欺己，此又一痴也。”

赤子小晏，小晏赤子，不由你不喜欢。

从古典的词境里走出，走在阳光下，欣欣然。阅读古人，不贪求得什么，只想看看凉薄生命状态下的坚守和抗争，并以此警醒自己和他人。这份难得的生活经验和生命激荡是一种看不到的富有。在一部又一部历史剧目中，有多少刚烈壮怀的仁人志士留下了令人潸然的镜头？无论是锦绣前程，还是生途坎坷，总有一双温柔手慰藉他们孤寂却寥廓的情怀。

小晏，当不在其外。

第五辑　围炉夜话

很多时候，灵魂如鸟，片片羽毛，洁白如雪。我精心梳理每一片羽毛，悄悄告诉自己：不管振翅还是敛羽，都必须活得像一个人。

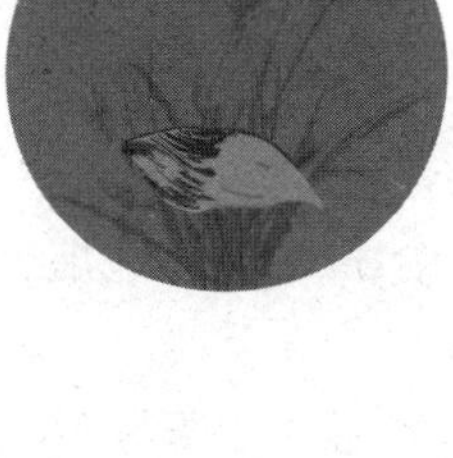

围炉夜话

天儿暖了，偏想读《围炉夜话》。

清咸丰四年（1854）二月，桥西馆一经堂，王永彬虚拟了一个坐拥火炉、畅谈文艺的情境，以“安身立业”为话题，从修身、教子、忠孝、勤俭等十个方面阐释人生要以“立业”为本，否则全然白费。从某种意义上说，王永彬是不朽的，《围炉夜话》与《菜根谭》《小窗幽记》并称“处世三大奇书”。这薄薄的小册子，可供后人千年共享，永不过期。

《围炉夜话》适合静夜阅读，的确是枕边少不了的好书。那一场悟言一室的倾心畅谈，似与亲人相对、与知己相晤、与同道切磋，一呼一应，悠然心会。这亲切入心的意境，诱惑了太多的后人，围炉捧书，挑灯夜读，欣然忘归，如一灯烛火，却可以照向远方。

王永彬就是燃着的一炉火，不猛、不烈，是文火，炉里柴火架成空心，气流通畅。柴火一点儿也没有白费，即使燃成灰烬，也要煨着。煨，是一个耐心等待的过程，别人用慢火煨薯、煨肉、煨汤，用来果腹，满足口舌之欲；他则只煨文字，不慌不忙，不急不躁，一个字一个字地煨，慢慢地，熟透了，熬到了，酌一剂清心良药，以飨读者。

读《围炉夜话》已数遍，每次都有不同的体验和况味。阅读不是一件容易的事，倘若没有足够的个人阅历和生活经验来支撑，终究是空中楼阁，隔着朦胧，够不着。古人说："少时读书，如隙中窥月；中年读书，如庭中望月；老年读书，如台上玩月。皆以阅历之浅深为所得之浅深耳。"早时读，只记得一个文质彬彬的人，说些文质彬彬的话，其他则不甚了然，远不如"隙中窥月"；后来，数次阅读，仍未达"庭中望月"那般舒阔明朗之境。这种感觉让我恍惚，仿佛中年之月也是如此不丰满，终归还是阅历太浅，看不到世界真相。

其实，《围炉夜话》亲切、自然、易读，不是学术论述，也不是教育专著，却沁心入世，引人心会，如"教小儿宜严，严气足以平躁气；待小人宜敬，敬心可以化邪气"，"贤而多财，则损其志；愚而多财，则益其过"，等等，无一不是好话题。每读古人，感慨良久，怅然无言。古人为学为人，读书、弹琴、行走、交游，善与人交，善与人学；今人为学为己，到头来两手空空，只抓了名和利。

人与人、人与书的相遇，就是彼此滋养。你必须先俯下身子沉入，把自我空间尽可能地放大，接纳琐碎，甚至污浊，要紧的不是你得之，而是他有善于你。正如王永彬所说："与朋友交游，要将他的好处留心学来，方能受益；对圣贤言语，必要平时照样去行，才算读书。"这是他在教我们学人之长处、行圣贤之言语。

好的教育是善的传递，坏的教育是恶的因袭。他又说："教子弟于幼时，便当有正大光明气象；检身心于平日，不可无忧勤惕厉功夫。"子弟幼时就得加以教导，培养他们正直宽广、光明磊落的气概；日常生活中要时时反省，要有忧患意识，要自我督促、砥砺修养。这是王永彬在规劝父母如何以身示范，做好家长——于子及早教益，于己时时反省。

教育的本意是弘扬健康积极的人性，并使生命臻于美善，但真正拥有教育理念和人性构想者很少。我们的父母常常会赶着把孩子培养成全能、全才，却忽视了如何才能让孩子健康、健全地成长，如何培养他们成为正直、坦荡、有浩然之气的人；对自己，不只是耻于求师，常常是无意于求师，不注重滋养情怀和修养人格，也缺少悲天悯人的慈悲情怀和舍我其谁的担当。世风清寒，为师为父母者，倘不能时时反省、砥砺修养，如何能培养孩子正直宽广、光明磊落的气概？

窗前明月枕边书，明月如水，清风盈耳，若纤指轻拨琵琶，丝丝入扣，一脉清音如水漾开，转瞬，了无痕。一卷小书在手，悄悄然，隔离出一个清明安谧的世界。这是我想要的意境。有一种相遇可以不分早晚，那便是与书的相遇。好书要有好人来读，才对得起写书的人。当然，人与书之间总有丈量不出的距离阻隔着，你要以强大的内心所持去应和，才能让文字世界与自我生活水乳交融。

雨后的况味里，摊开月光般的书，仿佛正借了薄薄的纸张为船，渡往红尘之外。语言的世界远比现实世界美好得多，也只有语言的世界才恒久。倘若我们躲在时间背后，以圣人之言，观天地之镜，就可以看到：流年逝水，一眨眼就过去了，一个人的背影悄然隐遁，但那一炉火，依然青烟袅袅，不绝如缕，无须轻嗅，气息犹然。

水边的女人

汝，水边的女人。

女人是水做的骨肉，玉骨冰肌，自清凉无汗。这个世界有了女人，是造物主对大地的恩赐。有了女人，大地不再单薄荒凉，女人天性的博大孕育了万类生机。这源自女人天赋的母性，是女人天生的大爱，无所不包，无所不在，被人们赋予“母爱”的美称。女人三十岁之前，只可称为“女儿”，三十岁之后，才渐渐褪去女儿本色，成熟为女人。这时的女人，活得精致，或者活得粗糙，一眼就能看出。活得粗糙的女人，渐渐退化，失却女儿水性，还原为某一类人；活得精致的女人，女人味馥郁，风姿绰约，风致可人。

长发如瀑的女人是一脉水，缕缕青丝如水，发根如泉源，流过颈项，流过后背，流过腰线，流成一脉风情，摇曳生姿。黑黑的长发，如水，如水岸，引你宁静而往，看尽水天一色。

耳坠是女人水岸的一朵花，风情诱人，点化出女人的鲜活与妩媚。女人圆润的耳坠最富风情，方寸之地，被饰以耳环、耳坠、耳钉、耳扣，若开了一朵花，绿了一片叶，隐约发际，撩拨得你心痒痒的，看得见，却摸不着，就像难以捉摸的女人心，可望而不可即。这样的女人风致，懂得的男人才有幸遇到，碰着了是幸，摸不到则痒痒离开。

手是女人的第二张脸，柔弱无骨的手最美，也最耐看。看手即可看出女人的品位，当然，这品位与身份、地位、学历无关，只源于女人心性。心性清雅的女子，必在乎自己的一双手。一双白皙柔润的手，无端唤起疼惜，让人忍不住想要握一握，纤纤一握，无以言传。而骨瘦如柴的手，非但不能体现女性的柔美，还令人握而生畏，那种骨感一点儿也不温润。

女人弹指若花，这朵柔软的指花最先让人想到兰花。钩、柔、白、瘦，为兰花指之品鉴口诀，钩似月、柔若筋、白如玉、瘦胜秆，极言兰花指的魅力。《兰花品藻》一书，专门教人如何鉴赏、锤炼和保养兰花指。兰指轻捻，弹指若花，一朵兰就开在白白柔柔的手上。女人翘兰花指不失为一种妩媚，纤细修长的手指也必以指环相衬，才更见风致。五指各具，什么样的指环戴在哪个手指上最妥帖，是女人必修的功课，她们耽于其间，深谙其韵，不厌其烦。

腕上风致，又是一道专属女人的风景。女人纤纤皓腕，可以空空如也，洁净如斯；也可以戴各样手镯，平添腕上风致。搭配不同款式、不同花色的衣服，戴上不同质地、不同风情的手镯、腕饰，朴素典雅的女人味，让每一个女人鲜活。

手腕轻扬，即可柔韧出腕上风致；纤纤脚踝，也可以摇曳出万种风情。女人天赋的自然美，有了脚环点缀，更显风韵。布饰或纯银的脚环最妥帖，不过有铃铛的配饰，只可三十岁以前的女子佩戴。三十岁以后的女人，可选简约内敛的脚环，配一袭亚麻长裙，款款而来，款款而去。

懂得呵护生命的女人，才是会生活的女人。女人需要张扬，也需要慵懒，松散的发、随性的衣、俏皮的姿，是家居休闲时光的放松和慵懒。

这份慵懒是整齐的着装、庄重的笑容不能取代的。做饭洗衣、打扫整理、听乐看书，无须梳妆，无须修饰，无须做场合应酬。或者坐在阳光里发呆，看天际流云舒缓飘过，想一段缱绻的往事，期待一份美好天意，都是无以言说的安宁。

造物主真的很怜惜女人，女人可以风致的地方太多。当然，女儿之美，美在外秀，美在内慧，这样的美一定不是装出来的空架子，你得有足够蓬勃的内力来支撑。女人如水，明净澄澈，不事雕饰，清冽而不缠杂，安静而不呆板，婉转而不肤浅，遇百折而不回头；水至柔也至坚，柔弱无骨却滴穿岩石；水细微而有力，汇成江海席卷天下，无论石缝岩隙，还是沼泽碱滩，水都能顽强地生存，一如既往地倾流。身为女人，一定别忘了内修，更须摈弃谄媚、圆滑、奸诈，要真诚、善良、博爱，坦坦荡荡做人，坦坦荡荡做女人，才最是风雅。

女人真是天地的宠儿，懂她的男子必不满足于只取她一瓢饮。他必细细分辨，柔柔体会，沉醉在缱绻不尽的温柔女儿乡，成为她的一部分，任她弱水三千。女人，永远是这个世界上最温暖的字眼，也是一个家庭记忆中最温暖柔软的部分。看一个女人，最好去端详她的眼睛，端详她眼底深藏的汪洋，那是爱居住的地方。

鲁院的季节和光芒

一种近乎透明的感觉中，渐渐恢复听觉、视觉、触觉，哪一种感觉都没有离别的苦涩，仿佛一个梦还没有醒。一种恍惚悄悄然浸满身心，这是初来这里的感觉，真实而梦幻。

几个月的研修就要结束，大家已做好回家的准备，我却没有。不知道为什么，不想过早进入倒计时，甚至觉得这里的日子没有倒计时，我一直走在属于她的路上。这清泉一般明亮的体验，不是碎片，不是经验，不是虚妄，而是觉醒。我努力在这觉醒中让自己觉悟，成为自己想成为的模样。

天空很静，没有鸟鸣，没有风声，似乎喧腾的除草声也隐匿了。晨曦薄薄的，看不见的光在看得见的维度里游走，一丝一缕，浮过水面，水面清和，一一风荷举。鲁院的院子，接纳了土中草、水上莲、林间光、巢中鸣。多少个日子过去了，高楼的夹缝中，布谷不改初声，鸟雀鸣唱不息。风依旧，小鸟依旧，硕大的桑树、挺拔的毛杨、娇小的梅树都依旧，叶子和叶子，葱茏相依，轻轻低语。

走过朱自清的荷塘，池塘里的水是安静的，空无所依的鱼儿也是安静的。它们又睡了一个晚上，七秒之前的记忆就浮在波光粼粼中。睡莲悄悄睡着了，不惊扰水，也不惊扰鱼儿。突然觉得自己那么渺小，它们都还在，都还好，我却要在这个明朗的清晨离开。一种来自内心的恐慌骤然攫住了前行的脚步。我惶恐自己两手空空地来，又两手空空地离开；也惶恐紧攥手心的种子，如何好好地种在适宜的土地上。

走过郭沫若的竹林，新竹从竹椅的缝隙中长上来，绿葱葱的，就要长满整座椅子了；赵树理还在低头和小毛驴说话，驴背上的小琴，黑发间隐着娇羞；邹韬奋端庄而立，凝目远方，手中一帧书卷，从未放下。清雅的沈从文、洒脱的茅盾、深思的巴金、沉默的艾青，还有叶圣陶、老舍、曹禺，轻轻鞠躬，无声道别，不打扰那一场旷世交谈。

鲁院的季节就是植物的季节，三月，迎春花的艳、玉兰的香、梅花的清，带着阳光的温度，灼灼开放；四月，玉兰和梅轻轻地为春画了一个花朵的句号，又轻轻地带了那么一下，带出一抹一抹绿，绿起人间好晴天；五月，吃过桑葚，杏梅又黄了，一颗一颗，湿漉漉的，隐约在枝叶间，清香四溢；六月，水塘培植的荷一天天长大了，出水的叶子比手掌大了，比小雨伞大了，鲜嫩的露珠浮在绿叶上，晨光乍现，一下子就蒸发了；七月，睡莲没有睡着，舒展在阔大的叶片上，绽放着洁白，像不经意间落下的祥云，一朵又一朵。

这里是神游方外的好去处，你想要的全部风景都聚在这一个院子。院子之外，是别人的世界，你无须张望繁华，无须贸然涉入。我在这个世界里渐行渐远，渐行渐近。身行自然，山野之风、之趣、之美，令人陶醉忘情，流连忘返，生命呈现出本真的姿态，与山岚、云岫、流水、草木一同呼吸、交相共生；心走文学，人文之风、之趣、之美，又何尝不让我们痴迷沉入、不问归路？

做好文学的根本是做好人，一个作家真正的生命意义和艺术境界，就活在方方正正的汉字中，而作家的情感、性灵、胸怀、气质，决定了作品的风味神韵和艺术境界。老舍在《木匠与文艺》中说：“一位木匠的态度，据我看：一是要做个好木匠；二是虽然自己已成为好木匠，可是绝不能轻看皮匠、鞋匠、泥水匠和一切的匠。此态度适用于木匠，也适用于文艺写家。”这段话看似很直白，却道明了复杂的人生世相和写作境界，一个作者如果匠气过浓，就会拘囿了自我，也深埋了他人。

在鲁院的最后一个日子，清凉而宁静，像远隔的一段暖，已经燃尽，余温热烈，不肯冷却。正如古老与繁华，一半热，一半冷，冷热相融，无以剥离。大师们不言，我亦不言，三月的气息遗留在七月的光阴里。几只麻雀在树梢跳跃、欢叫，今日风尘不动，它们玩得如此悠闲，不知道各自巢里有没有待哺的幼儿，有没有足够的食物。这些活泼可爱的小鸟啊，它们转身分离的时候，懂不懂得彼此回望？

散发行走风中，风净气清，没有一丝污浊，吸一口，洞彻肺腑，一吐一纳之间，便是一个迥然不同的自己。其实，生命的过程就是吸收、储存、释放的过程。在这个看不见的场，我已然收获了太多，写作本身早已不是唯一的事情。《金字塔铭文》中说：“天空把自己的光芒伸给你。”鲁院把她的光芒伸给了我，我可以借助这光芒，走向前路，看见自然大道与人性善良。

喝不解渴的酒

周作人说："我们于日用必需的东西以外，必须还有一点无用的游戏与享乐，生活才觉得有意思。我们看夕阳，看秋河，看花，听雨，闻香，喝不解渴的酒，吃不为饱的点心，都是生活上必要的——虽然是无用的装点，而且是愈精炼愈好。"这是先生在教我们以智慧与热情发现和体验人生情趣，用心经营日常生活，使之充满生机与灵气。先生是极懂得人生趣味的人，捻他一段文字，盈盈手心，若临风把盏，已然成趣。

但凡为人者，天赋之外，最难得"情趣"二字。"情"之当先，"趣"字为重，"情趣"并重，内外圆润。人作为一个有机整体，具有多种动机和需要，包括低级需要和高级需要。每个人骨子里都有些原始的浪漫情怀，在物质生活得到满足之后，精神层面的需求就凸显出来。这种源于内在冲动的超越性审美活动，是满足自我实现需要的必要途径。日常生活中，人们往往通过创造美、欣赏美和享受美，来达到审美追求的实现，从而完善自我人格。

趣味不是一个人外饰的皮毛，而是关乎精神的内心需求。趣如山上之色、水中之味、花中之光、女中之态，即使是能说会道的人，也很难以稳妥贴切的语汇加以描述。古人追求风雅，自觉自然，既是日常生活之必需，也是人生快意之雅趣，譬如净手读书、焚香品茗、煮酒煎茶、廊前听雨、踏雪寻梅、月夜荡舟……或取之怀抱，悟言一室之内；或因寄所托，放浪形骸之外，趣味不同，快然自足。今人则多附庸风雅，将一己俗念依附青花、假托书画，在厅堂书房佯装出一室风雅，实则俗之又俗，自欺欺人。

究竟何为雅趣呢？有人说，要么大雅，要么大俗，之间无趣。其实，大雅大俗，皆为美趣，雅俗兼美才是审美的极致，最怕拿捏不住火候，过犹不及。譬如水，明净清爽而不事雕饰，这本色使她大俗，俗在寻常百姓家的一茶一饭一箪一匙，是凡尘之人的浓烈大俗；水清冽而不缠杂、安静而不呆板、婉转而不肤浅，这品性又使她大雅，雅在利于万物而从不争取什么。故而，流水之为物，雅俗兼美，外物可以渐染她的颜色，却改变不了她的质地。

丰子恺先生曾谈及艺术和人生：一为人生的艺术，一为艺术的艺术。他认为二者相融才是好的，艺术不是存在于真空，而是缭绕在寻常百姓的烟火世俗，切近日常琐碎的生活细节。所谓“艺术的人生，人生的艺术”，艺术与人生，比邻而居，彼此相生。倘若一个人懂得些生活的艺术，就能够艺术地生活，将艺术之趣涵养于一日一夜的清明时光，消解生命中不能承受之重。

苏东坡就是一个饱蘸艺术趣味的人，即使沦落困顿，也能将生活琐碎纳入诗词，营造出一番艺术趣味。他在黄冈时期的许多词作，不只记录了一个遭遇困境的士人如何一步步冲出重围，也让我们看到他生活之上的人生情趣。他是生活的艺术家，也是艺术的生活家。某一个夜半水明，踏月而归，手杖击石，铿然而鸣，伴着微醉的脚步回家，却怎么也敲不开门，书童的鼾声从门缝儿里钻出来。他笑了，依门拄杖，立听江声，即兴成一阕《临江仙》。

苏东坡留给后人的远不止书画诗、豪放派，更有东坡肉、酒香茶。他把饮食起居、煮水品茗、游览赏玩、笔墨把玩等寻常生活经营得有滋有味，才写出“慢着火，少着水，火候足时他自美”；他把天伦之乐、兄弟亲情、朋友之乐呵护得有情有趣，才能以“千里共婵娟”怀思亲人；他把人生坎坷、仕途沉浮、天地万物容纳得饱满富足，才能迎风长啸“一蓑烟雨任平生”。

梁启超先生也认为“趣味便是生活，没趣便不成生活”，其实很多智者言说志趣，只一句“好玩儿”，这真是率真的生命姿态，宛如本初。趣味是滋养生命的源泉，失去趣味的生活毫无生机和美感可言，趣味枯竭，生命之河便停滞不前，甚至干涸。喝不解渴的酒，吃不为饱的点心，养不为结果的花草，是日常凡俗中不可或缺的一点氛围。

从另一种意义上说，情趣也是美的培育和彰显，是内心的发现与丰盈。一个人懂得去培育美、经营美，未尝不是沉重浮生的一种消解。匆忙前行的步履，偶尔停下来，回头看看，看看路边的小草、天上的行云、水中的波纹，不只是舒缓情绪的节点，也是滋润生命的养分。

生之所趣，唯有心会，万勿薄情寡趣，也不可纵情而失趣。倘若你有幸得三五知己，或几个同道，饮茶唱曲，看山看水，哪怕捧一掬山泉水解渴，又何尝不乐呢？

等待灵魂跟上来

浓深的雾霾散去了，天晴得空荡荡的。院子静成了一座房子，多种草木，各自生长，彼此相安。白玉兰一茬一茬地开，最后一朵谢了，就不再开，长出满树叶子。这树先开花，后长叶，一点儿也不急躁，开时倾尽全部积蓄，不长叶，只开花；花谢过，只长叶，专心做一件事，年年岁岁，岁岁如一。

玉兰开放的时候，梅敛着气度，一点儿也不着急，一点儿也不钦羡。待兰花盛过，才尽情绽放，一树一树地白，一枝一枝地红，不肯放过一丝空隙。而今，晚春迫切地要结束，各树梅也要谢了，风隐入梅林，仿佛要挽留她们。花儿倒是不自觉，隐在尘埃里，旋在劲风中，落在泥土上，自顾自地，按照自己的节奏，不追风，也不跟谁去，一年又一年，从来如此，不厌其烦。

有谁会把一件简单的事情反复做、放慢了做?

草木只是它们自己，并不在意人的惋惜，也不知晓人类自身的困惑。人却并不清楚自己是谁，也不知晓自己要成为谁，一次又一次陷入虚空而不自知。明末清初，有一本《解人颐》，对欲望做了入木三分的描述："终日奔波只为饥，方才一饱便思衣。衣食两半皆俱足，又想娇容美貌妻。娶得美妻生下子，恨无田地少根基。买到田园多广阔，出入无船少马骑。槽头扣了骡和马，叹无官职被人欺。当了县丞嫌官小，又要朝中挂紫衣。若要世人心里足，除是南柯一梦西。"人类的欲求太过纷繁，不自觉被卷入世俗洪流，挨挤着、推拥着、奔忙着，不惜一切代价追名逐利，从不想着偶尔停下来，倒倒鞋子里的沙子，让脚步与灵魂同行。最终，落得尴尬、疲惫、狼狈，只剩了躯壳彳亍独行，待某一日回头望去，只见懊悔、沮丧、失落洒落一地。

人生绝无重走回头路的可能，我们能够做的，是时时警醒，等待灵魂跟上来。其实，相比于物质世界的丰盛，我们应该更愿意奢求精神上的交汇与融合，以及与自然的贴近与打量，从而获得灵魂的安详。安详是来自生命本身的快乐，只有向内求，才能得到；而来自欲望与服务的外在感官享乐，只是短暂行乐，并不是真的快乐。我们正缺失真正的安详，却很少有人自觉。

或许，万类之中，人不应该被尊称为"灵长"。人是最脆弱的动物，不像自然之物，那么自在、坚韧、持久，却硬要给自己套上坚硬的枷锁，盲目奔跑。有人说，现代人早已无福消受黑夜。其实，现代人难以消受的福气太多：悠闲漫步、歌吟舞蹈、行走山水、登高怀远，不慌不忙地言语、不慌不忙地走路、不慌不忙地做事。所有被所谓现代文明取缔的美好都在渐渐远离，自然趣味、天籁之声、性灵淘洗，淡了，远了，甚至消逝了。而那一直紧攥在手心的外物，只是游丝一般，稍纵即逝，走过时间的薄冰，我们依然两手空空。

印第安人有一句古语："如果我们走得太快，要停一停，等待灵魂跟上来。"人们仓促行走贸然贪得，灵魂便会在喧嚣中迷惘、走散，再也寻不回来。人多么需要时时处处观照身外之物，从它们身上看到自我的空洞和虚处，寻得安宁自处的方式。生命存在隐忧，也似乎永远停止不了，至少灵魂属于自己。倘若深陷繁多欲求，挤掉生命的释放空间，就毫无审视自己的机会，就会没有方向感，没有思考的余地，有些东西就会郁结于内，不能有所持，也不能有所待。而一个人最要紧的就是有所持、有所待，唯有守住本心，安于宁静，你才能意识到自己是谁，才会珍惜生命中柔软安详的部分，安顿好自己的灵魂。

扳着指头，走过的日子数得清清楚楚。日子可以数得清，能见和不能见的风物却无法数得清楚。你只看到花开了、花谢了、叶绿了，时光从叶子缝隙间漏下来，等你接纳、盛装、珍藏。水池里又植入莲花，鱼儿结伴嬉戏，它们的记忆不会只有七秒。某种无形的意境，就隐在这些看见和看不见中，看护着你，滋养着你，也督促着你。但要慢，很慢。万事万物都有自身的前行规则，生无所息，不能停下来，也不能跑得太快，再匆忙的日子，也不能丢了自己的灵魂。不管你走到哪里，都得怀揣着她，温暖她，也让她温暖你，这样彼此才不会孤单。

时间如舞台，一直都在，在场或不在场的，是我们。当生命属于我们时，万不可贪求所欲，肆意挥霍，也无须过分矜持，错失美意，当遵从一心，踏浪而行，纵使万水千山，也要抵达。

不要站在舞台中心

风静气清，若不是太阳越升越高，你会以为时间停止了。也许，静便是动，动便是静，动静之间就是时间的无限延续。

倘若我们藏在时间背后，会看到些什么呢？

很多时候，我们只顾着前行，而不愿停下来，看看前面的舞台上在演什么戏码，谁是主角，谁是配角，谁渐远，谁渐近，谁的出现仅仅是走个过场。白驹过隙的光阴中，一幕又一幕人生戏剧粉墨登场，起起落落，似乎只是“生活”这个大舞台上转瞬即逝的过场，留不下什么痕迹。剧终戏尽，只剩下几句潜台词，每一个音节里都藏着磨损、妥协，以及灵魂的流离失所。一次又一次支离破碎，人却依然站在舞台中心，拼命争夺。

这是生的悲哀，也是时间的了无。站在舞台中心的满足感，会使我们忘记舞台背后那个隐匿很深的地方，还有另一个自己正在无声啜泣。你很少去面对他，或者和他商榷，你几乎从不给他出场的机会。实际上，真正的自己正是那个始终哭泣的角色。是他悄无声息的“无”，成就了你风光鲜亮的“有”；而你所谓的“有”，其实只是“无”，只是身体的独自舞蹈罢了。

甲骨文中，“无”字像一个人持把跳舞；卜辞、金文中“无”“舞”同字，本义为“乐舞”，是巫术的一种。巫，是沟通天地的使者，巫者舞蹈是为了表达人对天地的敬畏，而不是以天地为舞台，舞出自己的独角戏。万物生于有，有生于无，一个“无”字，悄悄然，隐了大道密语，但太多人似乎不再遵循天道，他们不断地逃离“无”，拼命地争抢“有”，只为找寻和证明自己的存在。

倘若我们不这么着急贪求过多，是不是就不会这么焦虑难安？

世间人事，有的像漫天飞舞的风，轻扬而恣肆；有的像无声飘散的雪，飘逸而内敛。张扬不失为耀眼的风景，内敛更是厚重的本分。很多人在追逐蝇头小利的途中苍茫四顾，望向不可知的远方，却忽略了脚下的土地。人们往往太在乎自己的名字或名分，却丢失了更为重要的部分。其实，我们不应以自我为中心，而应站在远处观照，看看头顶的苍天和脚下的土地，唯有踏实脚底的方寸之地，方有迈开下一步的机会。

你彻底失望时，别忘了余生自己还能掌控；你得意忘形时，别忘了还有一半的命运掌握在上帝手中。“神龙见首不见尾”，隐去一半，云龙自见；“雪上空留马行处”，掩去一半，行人自在；“犹抱琵琶半遮面”，遮去一半，妩媚顿生。月满则亏，水满则溢，为人处世，当须适度，求全不如留“半”好。恰如留白，妙在虚实相生，无须过于求全责备，无须把结果太当回事，留一半给别人，留一半给你的明天，就很有可能每天都是新的。

当然，留取一半并不是消极畏缩、无所作为，而是为而不争。如何在愈演愈烈的现代生活竞争旋涡中好好自处？老子早就悟出“天之道，利而不害；人之道，为而不争”的道理。这是庄子人生哲学的集中概括：“为”反映了对天地万物的慈爱卫护，尽心尽力；“不争”则表明顺其自然，无为而有道。不争不彰，才是安身立命的最佳途径，不争方能得胜；不过分肯定自己，才能彰显于众人。

苏东坡有诗曰：“人生到处知何似，应似飞鸿踏雪泥。泥上偶然留指爪，鸿飞那复计东西。”茫茫天地亘古而在，其实只是万物借宿的旅店罢了；一个人拥有再多再长的人生光阴，也只是匆匆过客。个体生命浮游于天地，渺小如沧海一粟，唯其短暂渺小，才最是珍贵，就如掌心的一滴水，一不小心，便归为乌有。

那么，小小一己之身，怎么寄存才能不负苍天厚德的赐予?

哲人说，我们一生的努力就是用自己的一半去换取上帝手里的一半。这不是人类的悲哀，而是时时提醒，我们的思考再周全、设想再周严，也是漏洞百出，由此警觉、低调、内敛，成为真正意义上的人。发现安静，当在鼓噪之后；享受安宁，当在喧嚣之后。舞台上离开的人越多，留下的人越重要。不要站在舞台中心，却要在嘈杂纷扰的世界发出自己的一点声音，你才有可能成为主角。不妄想贪婪，不肆意损伤，不刻薄索取，只留一笔痕迹，不失沧海一生。

你看，你看，风有些轻狂了，轻狂到喊出了声。

每一天都隐秘地成长

黎戈在《私语书》中说:“很希望自己是一棵树，守静、向光、安然。敏感的神经末梢触着流云和微风，窃窃的欢喜。脚下踩着最卑贱的泥，很踏实。还有，每一天都在隐秘成长。”人不能成为一棵树，不是因为不能像树一样高大，而是缺失树干净、坚守、温暖的灵魂。所以，先得学着好好做人，而后，学着做一棵向着阳光的树。

也许我只是大地母亲哺育的一个汉字，不足以容纳生命中所有的幸福和伤痛，而是需要开阔的意境，每一天都隐秘地成长。每一处自然地理都是生长在大地之心的字符，传递着远古生命的信息，而属于我的每一次相遇、每一处风物、每一种情怀，不只是行走的记忆，也是性灵的滋养，丰润感知、修养浩气、历练气魄，使我得以从容地行走，也让我明白天、地、人、和之安详大美。

安详，多么温暖的字眼，它是生命的本真与快乐，可惜大家匆忙地奔跑着，从未想过停下来看看月、听听风、走走山水，共享“风烟俱尽，天山共色”安详。前路漫漫，我所能做的，就是在匆匆前行的旅途中，偶尔停下来，文字是借以歇息的台阶。

为文与为人一样，自己温暖了，文字也就温暖了。落笔为文之事，说小可小，说大可大。言之小，是你在自我圈子里任意畅游，切忌不可伤了别人眼目；言之大，是你一句落笔，字字珍贵，即使不敢妄言，关乎历史、关乎人文、关乎天地，至少关乎祖先、关乎母语，一字一句，当为严肃，不可儿戏。文字一脉，正如生命之河涓涓而流，平静之下汹涌澎湃，如猎猎长风，席卷而来，绝尘而往。

为了看看阳光，我来到这个世界，以文字为阳光是我对世界的温暖应答。我甘愿沉醉于素洁人生，端庄成一个横平竖直的汉字。每个汉字都是一个穿透尘埃的过程，穿过世俗的种种尘埃，也穿过年华的贫瘠与富饶，过滤芜杂，还一脉清流给自己。生命如羽，轻拿则轻，重放则重，究竟轻重，唯在一心。这轻重之间尚有“欲轻”“欲重”，实难拿捏。我只想以宁静平和的文字，抒写良善和温暖，以清洁性灵，托沉重浮生，如羽。

这个清清明明的日子，我坐在阳光里，安享文字给予的快乐和富有。成人的世界杂乱混沌，远不如少年世界的明朗纯粹。我不是少年，但时时与少年结伴，学习、生活、成长，保守一份清洁，平静为人，平凡为师，平常为文。虽然脚步未能时常舒展于广阔自然，不可放浪形骸于外，尚能够悟言一室以内，三尺讲台，风骚自领。我想，秉着这样一颗素心，如秉着一支红烛，踏向天涯，也不累。

古人云：“素履之往，其行天下。士如皓月，其心朗朗。”以“素履之往”喻言人以朴素坦白的态度行事，后用以比喻质朴素宁、清洁自守的处世态度。我心仪的“素履”，是怀揣一颗素心，去丈量脚下的土地，让自己的灵魂得以安生。不为洞晓某处，只为认清和获取一个新的自己。

狄金森有句诗：“我写的诗留在这里好了，让纸页吸收我的痛就好。”其实，写作不是痛，是生命的幸福，是灵魂的安生。这些纸页浸满我的幸福，只要她以素净的光泽给读者以清洁的安慰，就好。感恩天地赐予我父母，指引并陪伴我成长；感恩远隔天堂的父母，赋予我善良、包容、温暖的心，让我平凡，也让我与众不同；感恩生命赋予我朴素、清洁、灵动的品性，让我踏实安宁。

倘若一个人没有强大的内心所持，其文字境界则难以广阔绵延，山水俱盛。那么，任尔山川河流长，我自心远意阔达，其间安乐，在文字之内，也在文字之外。从纸页里抬头，望到蓝天尽头，北方的天真蓝，蓝得深远纯净。这纯净的蓝，像婴孩的眼睛，只一眼，就让你喜欢。很想投入地爱蓝天，做一个纯净的风的孩子，看待纯净的生命，像婴儿一样，吸纳一切，每天都是一个新的开始。

且以阳光为介，每一天都隐秘地成长，继续朴素绵长的生活。

但醉文字的端庄

五月天，陕北飘了一场雪，中雪，远山近峁，白如初生。初生多么好，而我们已然走过一个又一个自己。一个人在走过生命的旅程中，一个又一个自己在蒙难，一个又一个自己在诞生。许多个自己叠加起来，就像许多个汉字砌成了一座城池，固若金汤。

我在这城中独坐，很少有人能走进来，但也并不是没有人走进来。倘若你走进来了，这个时候，我们都是初生的模样，就像一块白净的石头，对着另一块白净的石头，静默对话，彼此相安。

人是属于不同空间的，只有来自同一空间的人，才会互相呼唤和应答，但实际上，呼唤者与被呼唤者也很少互相应答。生而为人，注定是孤独的，群体的狂欢不能消解个人的孤单。

很多时候，语言是苍白的，不管是书面语还是口头语，远远不足以传递种种隐秘的生命信息。我们需要借助某些介质抵达彼此深处，不只凭借嘴巴、眼睛和耳朵，还要借助地域、气候、物象等自然信息，比如江南、小桥、垂柳，比如塞北、大河、云朵。它们携带着迥异的基因，营造出一种对话场，为我们单薄的表达提供补给。

看似作品中只有汉字，但每一个字落地，都携带着自我的语调、语气、语速，乃至眼神、呼吸和肢体语言。独属中国的汉字神奇如咒语，被古人紧紧咬在占卜的舌尖儿，以小明大，以微见著。最早的汉字只是物，被一点一点摹画出来，干干净净的龟甲、骨片上，刻了声音、气息、温度，看似有形无声，实则饱满殷实，一个个都是活着的生命。你看到一个字，就是看到一个活生生的物，就是草木、虫鱼、鸟兽，你可以与它们对视、对话，或者相融。

古人单纯，也聪明，他们以一个个活生生的物象，模拟出对自然万象的观照；今人则多是心有戚戚，表达一些虚浮缥缈的意识，借以自存。苏子泛舟赤壁，侣鱼虾而友麋鹿；林和靖安居孤山，以梅为妻，以鹤为子。人生快乐，莫过如此，先贤如此，后辈何以企及？愚钝如我，只愿放开周身束缚，放开内心羁绊，剔除芜杂，唯留本真，做一个寡言的人，心底却有一片海。

很多桥还在，很多河已消失不见，河床被充塞得满满的，独自睡去，就像被充塞得满满的世界，或生活。李敬泽在《为文学申辩》一书的"拯救散文伦理"一文中说："我想象一种巨大的沉默，没有文章，没有散文。然后，在这一种沉默中，一个人小心翼翼地、艰难发出声音。这是对自我、对世界的珍重、严肃的表达。"大概我是想借助汉字剔除一些不能说的废话吧，让生命轻灵一些、洁净一些。

写作，是由内而外、由外而内的出发与抵达。我只是一滴水，清水过滤之后，再丰沛，成一杯、成一碗，或者成一缸，具体得看自我的成长与修行。散文看似很短，也无关深浅，但每一个汉字都有尊严，借了有尊严的汉字书写，它便是一个有尊严的存在了。一篇散文就是一个生命片段，是我的孩子，它属于我却不受我支配，我只是带它走出去的载体，养护、帮助、扶持，之后，它必须携带着自己的灵性往前走。

我想，在另一个场中，另一个节点上，走过一个自己的过程，其实就是剔除一些芜杂的过程，也是另一个自己诞生的过程。人与世界的周旋是很难的，你要和生活抗争，要和命运较量，要和另一个自己商榷。很多时候，你需要看清自我，有自己的担当，找到属于自己的领地，开辟另一个院子，营造另一种生活意境，而不是与别的物类争抢地盘。

一场五月雪后，晴空如碧，路旁已有草色，微风一过，便有纯净、质朴的味道飘来，静静地侵入怀中，牵扯着你，竟不知该往何处去。从那条干涸的河床走过，坐在边墙上，有风吹来，低回沉响，独自空旷。山高水长的路途中，风一个人独行，他阔大的脚步里，可曾有过柔情的呓语？写作也是一个人的独行，没有谁能真正帮到你，你会时时遭遇意想不到的困境，就好比雾霾，铺天盖地，猝不及防，你只能眼睁睁地看着，无法安顿。如何从困境中突围？看看那些花草吧，在浓深的雾霾中，它们自顾自地开放。

但醉文字的端庄，这样很好。

心是藏水的容器

推窗惊觉，院子里的镜像变了，花谢了，叶绿了。四月是夏的起笔，轻轻一点，万种风情，只等那一撇一捺来完成。这个时候，不需要横竖，横竖太直板；撇捺则不一样，柔软地起，柔软地落，正是芳菲四月的曼妙韵味，如一声声鸟儿呢喃欢鸣。

这个四月，雾霾浓重，黄尘侵袭，但草木不会晚了季节，迎春花嫩黄明艳的色泽，衬得高高的围墙顿时矮了，我看到嫩黄明艳的昨日，一朵，又一朵。玉兰和梅完全褪去花颜，一树一树绿叶，青葱欲滴。光透过来，叶片薄如蝉翼，像刚刚浸过水，湿漉漉的，让人有想要品尝的冲动。树从不说话，默默地看着枝叶一天天绿起来，亮起来，它可记得花开的声音和花谢的温度？

在树之外看树，只见一个清清明明的世界，不拒绝拥有的幸福，也坦然接纳凋谢的失落。当我欣喜于花树的尽情绽放时，花朵已经在凋谢的过程中。“四月维夏，六月徂暑。首夏犹清和，芳草亦未歇。”诗三百，那是人之为人的真诚，是人类对自然的呼唤和应答，眼睛看到了，耳朵听到了，就用嘴巴呼出来。诗不是做出来的，而是轻轻地说出来的，或者是喊出来、喷出来的，就像一个容器，装满了，溢出来，喷出来。

人对世界万物的感知是由器官感触而变成心灵观照的。在这个吸纳的过程中，不管你二十岁、四十岁，还是六十岁，每一天都在成长。你所要做的，是谦卑地低下头来，敞开自我，放空容器，吸纳来自各个空间的信息，并以心灵淘洗的形式真诚地释放出来。

一个草原之夜，旺旺的篝火旁，听过最美的声音——呼麦。

呼麦，图瓦文的中文音译，原指“喉咙”，借指“喉音”，是一种借由喉咙紧缩而唱出“双声”的泛音咏唱技法，即一个人演唱时同时发出两个高低不同的声音。这种古老的吟唱艺术已有数千年历史，声乐专家称之“高如登苍穹之巅，低如下瀚海之底，宽如于大地之边”。据说，远古时期，溪水湍流，瀑布飞洒，山鸣谷应，声闻数里，先民在深山中活动，他们以波浪起伏之声模拟动物形象，赞美骏马，歌咏自然，于是“呼麦”诞生了。

呼麦，是一种无法用语言描述的天籁，抑或伤怀之美。那声音在演唱者胸腔内蕴藏许久，再从喉底发出，悠悠远远地，似乎往一个幽深的隧道里钻，诱你深入。那是时间的隧道，也是生命的旅程，你会不自觉地随着那声音钻进去，回到昨日，回到童年，甚至回到前世。

很多年过去了，我依然无法忘怀那种摄人心魄的天籁。倘若没有辽阔草原的滋养，倘若没有广博胸襟的蕴藉，倘若没有经历数不清的幸福和苦痛，如何能够喷发出惊天地泣鬼神的饱满之声？天地就是盛装万类的容器，金、木、水、火、土，木生火，火生土，土生金，金生水，水生木，五行相生，水木轮回。而我们的肝、胆、脾、胃、心、肾，哪一个不是盛装生活滋味的容器？或者说，人与物、人与人之间，有谁不是兼容生命信息的磁场？

生命处处有美好，我们要有吞纳万物的胸怀，把心的屋子敞开，接纳喜悦与伤痛、获得与失去、明朗与晦暗，各美其美，美人之美，美美与共。可惜俗世中人们偏偏乐意将人与人、物与物进行比较，或较出了迎合的假意，或较出了嫉妒的恶言，或较出了挑剔的苛刻，繁盛情趣，顿生纷争。其实，人生的轰轰烈烈只是偶然，我们一定要学会感怀身边的每一个人，与一切有缘的生命温柔相重、欢喜相待。

鲁院的院子静悄悄的，整座楼宇也静悄悄的，仿佛把一切喧嚣都吸纳了。你很难想象，这小小的院子和楼舍，会把五十个不同地域、不同个性、不同经历、不同兴趣的人兼收并举，而每个人又都居住在自己的世界里，各自安生，彼此滋养。这就是鲁院之所以成为鲁院的缘由吧，就像鲁迅先生那尊塑像，棱角分明的外观包容了一颗多么丰富而柔软的心。他以一只眼睛冷峻地观照着世界，另一只眼睛则与头颅、内心、思想融为一体，接纳和包容了国民的善与恶、幸与痛，灼灼炽爱，不显自明。

池塘的水放空了，工人正在清理池底，鱼儿们聚在一个浅浅水塘里，等着蓄水，等着荷花生长的季节。心是藏水的容器，只要我们把心放大一些，就什么都装得下了。我们愿意相信，每个人心底都有一个隐秘的池塘，那是别人轻易探不到的水域，只用来培植一朵水莲。

造物主给的那颗心

雾霾遮掩的天空，暗灰阴沉，这并不是天的本色。庄子很早就探问过：天色深蓝，这是它真正的颜色，还是因为天高远而看不到呢？天，它从来不回答人类的问题，也从没有霸道的主观参与和卑鄙的处心积虑，化育万物，适者生存。风该来时，风来，雨该来时，雨来，花该开时，花开，从未晚了季节，也未失信于人，循环往复，生生不息。

现代文学馆的院子里，那两株硕大的桑葚树结果了，毛茸茸的，绿绿的，贪婪地吸食着光色，待某一日熟成黑色的甜；锦带花开了，玫红色，状如小喇叭，从细密的叶子中伸出来；金叶槐好像又长了一截，沐在光里，闪着金黄，无愧它的名字；一簇竹子退去嫩黄，染上新绿，竹叶沙沙作响，只待雨来，凤尾森森，龙吟细细，黛玉就站在竹林中了；二十一棵毛杨，站在路旁，排成一列，青叶越发苍绿，片片葱茏，相依在风中。

人为何做不了树，做不了一棵树上相依的叶？

人之天性，实难描其形绘其神，有人言善，有人说恶。西方有一句谚语：“人，一半是天使，一半是野兽。”这是说人有两个侧面：天使与野兽。其实，每个人内心都有一个小乾坤，阳中有阴，阴中有阳，两条善恶之鱼，互动斗争，此消彼长。为了维护这种生存环境的相对平衡，需要彼此牵制，一旦平衡被打破，事物就会向另一方倾斜。倘若白鱼臣服，则善恶颠倒；而白鱼胜出，则天地正大光明。

有这样一种比喻，人是虚实的结合体，时刻居住在两个空间：一个是物的空间，物像的、粗俗的、功利的实空间，人不能免俗，必须依赖这个空间生存；另一个是心的空间，无法被逻辑和数字覆盖的、心灵的、道德的、审美的、信仰的虚空间。如此说，这物的空间就是兽性的寄存地，虚的空间就是人性居住地。人置身于这两个空间中，人兽对峙，一旦虚实失衡，就会衍生很多人生问题，须辅以外力引导。

多年前，看到过一尊浑然天成的雕塑：一整块大石头被凿成两个人体，身连头分，环抱着一颗圆圆的石心。这让我想到影片《天道》。这部剧作根据李雪长篇小说《遥远的救世主》改编，以音乐艺术为主线贯穿，以经济大潮做背景铺垫，以凄美爱情弹性修饰，把生命、人性、道德、信仰等融入“天道”这个哲学理念中。

主人公丁元英和芮小丹有这样一场对话：

丁元英：“有招有术的感情，‘招术’里是什么不去论它了。没招没术的感情，剩下的该是什么？”

芮小丹：“是什么？”

丁元英：“就该是造物主给的那颗心了。”

这段对白宛如天籁，原来，人可以这样没招没术地活着。天地是公平的，不论男人还是女人，我们来到这个世界的时候，都怀抱着造物主给的那颗心，那是本心，是真性情。很多人红尘转一圈，最终一无所有地离开，只因为丢失了造物主给的那颗心。

许多年以后，花开半夏，时光微凉，光阴不负光阴，人亦不负光阴，时间的香气弥散于人间暖阳。我坐在春天的时光里，想起另一则故事：

> 一岁到十岁，才是真正的人，是人的真正性情，十一岁以后，都掺了别的。天生万物，原有它本来的寿元；人则被查访判定，只能活十年。人听判官这一宣判，就跪在案前哭，极是伤心。后来，猴子、狗、牛等，看人可怜，各捐十岁，给人添上。这样，十岁以上的人，再难得见原先的真性情。但世上仍有大圣贤、大修为者，下大苦心，还是将他们真正的十龄，做了无止境的提升和延伸。

“造物主给的那颗心”这句台词，是对“人性”朴素而感性的诠释。只是自我造心的过程因人而异，石头中掺杂了太多东西。现实生活的丛林中，人们见惯了虚伪、争闹、冷漠、掠夺，越演越烈，唯少见本心。这是后天造心的失败。其实，难见真性情并不可怕，可怕的是完全遗失，添加的又不只是猴子、狗、牛。而丢了本心的人，你很难确定他们属于哪类人，那些潜藏着的狼性、豹子性，成为他们对付别类的手段。

上帝在花朵上睡着了，人们争着与花儿媲美，很少有人去聆听万物生长的声音，从阳光中捕捉一个真实的词语：天道。其实，每个人结实的内心都来自结实的生命质地，真实的岁月朴实无华，内心的构造却要不逊于天地大观。也许我们原本都是石头，是造物主给的那颗心点化了石头，赋予温暖和光亮，生命才有了一瞬的灿烂。那么，唯有尊重生命，顺天道而为，守着造物主给的那颗心，人才能真正称其为“人”。

起风了，树在风里摇摆，天际淡下去，美丽的黄昏就要来临。临窗而望，痴看雾霾之后的那抹夕阳，渐渐浓烈，渐渐淡去，喧嚣与嘈杂也悄然退去。当黄昏暗下来，楼宇的灯光渐次通明，夜色深空，有一种声音在遥远的地方召唤。闭了眼，屏息聆听从四面八方涌动而起的声音。这声音如初上的华灯，盏盏分明，聚在一个点上，又四散射开，缕缕如丝，清明如昼。

很多时候，灵魂如鸟，穿越夜的苍茫，但今晚不想，她就栖息在洁白上，羽毛如雪。我精心梳理每一片羽毛，悄悄告诉自己：不管振翅还是敛羽，都必须活得像一个人。

梅子落尽的时候

清瘦，温和，微笑，一身休闲装，肩膀上搭一条灰色秋裤。一落座，先说明自己的装束：这不是文人的另类服饰，也绝不是作秀，只用来保暖，因为严重的颈椎病，不能着凉。

这堂讲座一开始就进入一种随性畅聊的对话场，开篇第一句话，他便说："我是从读小说开始爱上小说的，也是从写小说开始走上文坛的。"轻松的开场白，将我一下子拉回二十多年前的课堂，语文老师用富有磁性的男中音，深情舒缓地朗诵小说《这是一片神奇的土地》选段。那个早晨，春阳正好，悄悄照进教室，光亮一寸一寸地移进来，老师的声音里有泪，我们的眼里也有泪。他忘情地朗诵着，每一个音节落地，李晓燕、王志刚、"我"、妹妹梁珊珊，这些人物的神貌、情感、命运就在眼前浮现。他们屯垦"满盖荒原"的壮烈行动，以及小说所表现的人与人之间的丰富感情和美好而辛酸的爱情，令老师动容，让我们动心。

二十多年前的课堂依然在眼前，语文老师已远在天堂。

此刻坐在讲台上的，是梁晓声老师。

这让人多少有些恍惚，若电影蒙太奇，时光在不自觉中被剪辑，镜头一伸一缩，多少年忽略不计。有时候，你会觉着时间真不如流水，没有平缓，没有湍急，也不绕一个弯儿，就像凛冽冷峻的风啸，呼啦啦，席卷而去，不给你一丝喘息的机会。生命中一些饱满的、沉甸甸的细节，似乎轻得像浮云，被它一应收纳，兜到不可知的远方。

生活还在继续，在继续的生活中，人们忙着奔走、争夺、炫耀，来自神性与人性的力量，在经历了数千年文明洗礼之后渐渐削弱，而来自非人性的、非神性的力量变得肆无忌惮，颠覆着常态和伦理。很多人已经不能自觉地成为人，或者成为真正的自己。某个场里，或者某个节点上，人们习惯了随时随地隔断过去，化身为一个符号，以任何一种形式出现，或者成为任何形式的自己。

迎面走来梁晓声，一身布衣，倡导“好人文化”：根植于内心的修养；无须提醒的自觉；以约束为前提的自由；为别人着想的善良。

这个明朗的清晨，他坐在鲁迅文学院的课堂上，微笑着谈论《当下的文学写作》。开宗明义——我们需要好人文化的存在。他说，好的文化有许多标准，其中最重要的一条就是关于好人；好人最重要的一条标准就是善良。这是人之根本，秉持善良，你对许多事情的判断就不会那么复杂。他列举了很多中外名家短篇小说，包括他自己的作品，并提出“我并不认为表现真善美的文学就不深刻”，我们要始终呵护人性的暖意，将真纯、良善、希望等融进去。这绝不会冲淡主题，或者影响作品的深刻性。在他看来，作家为文不仅仅是写小说，更不仅仅是写故事，为读者提供娱乐快感，而是要把创作纳入文化的范畴，以文学的方式，提升公民的素质。

梁老师说得慢、讲得透，我听得慢、听得明白。这正是我们的文学需要找寻的光明走向，在丑陋与黑暗的较量中，良善与真诚是唯一的出口。倘若一味地暴露恶，放肆地铺张恶，迎合和满足隐性的猎奇需求，文学就失却了真正意义上的社会功能。邪恶永远不是人间正道，也不是文学正道。一个作家要能自省、有担当，要从关注个人体验转向对人类文明的打量与观照，并以弹性的思维和语言的张力写出与众不同的作品，尽可能地净化周边风尘。

每一堂讲座，我都在静静聆听，悄悄默化。这最后一堂课，梁晓声老师以真善美画了一个圆满的句号，将文学创作落到本真处。一个人，如果不善良，不管他多么有天赋、有才华，都不能成为一个具有中国特色的文化符号。倘若我们不为功利，以大道大义之情，挖掘、发现、提炼真善美，从而让生活中的人心、人性相对纯净，那么，文学就会带着我们抵达应该抵达的地方。

梁晓声老师离开教室的瞬间，一只鸟儿从窗前飞过，叫出天的空旷，如一个休止符，终止了我在另一个精神国度的冥想。一个人走在阳光下，院子显得愈加安静。花儿一轮一轮地开，果实一茬一茬地熟。鲁院的节奏，就是植物的节奏。玉兰花谢了，梅花开了；梅花谢了，桑葚甜了；桑葚落了，梅子黄了。植物生长的季节，我也在生长；我给植物空间，植物也给我空间。

梅子落尽的时候，一扇神圣殿堂的大门轻轻关闭。

像对待人一样对待书

大凡人之相与，俯仰一世，或与物相遇，或与人相处，其实只为与好的人、好的事、好的物相遇。好的物是天地赐予人类的福祉，诱你勃发感觉、感知、感应的能力，以顺应自然、圆润世故、生生不息。大概这是人之为人所能够独享的生命快意。

借一窗明月，读纳兰《饮水词》，想要的不是浓烈的情词，而是淡淡的"饮水"二字。宋代岳珂有："至于有法无法，有相无相，如鱼饮水，冷暖自知。""如鱼饮水，冷暖自知"被后人广为引用，喻言某些说不明的自我感知和体味，别人是无法贴近的。这就像读纳兰，纳兰的冷暖，纳兰自知，读词的人只能透过文辞观照意象，啜饮一丝冷暖水香，纳兰早已翩翩然飞离水流而去。

一个人活着，就是为了与好的人、好的物相遇。读书如同读人，选择什么样的书、如何读、如何参透书中深意，是每个人毕生的功课。我们都是岁月长河里艰难的过渡者，在时间之水的流逝中艰难前行。有时候，逆流而上，没有船可乘，只有两脚泥泞，像纤夫，负重而行，举步维艰。在这个必须经历的生命过程中，读书能够帮你找到很多路径，同时也能为你减压，因为读书不只提供给你生活的必需品，万物生灵因而丰盈，自己却并未减损毫末，反而增益生命的质感和光泽；而且能够培育一种有机的文化思维，无须刻意思索什么，却可以了然未曾经历的事情，解决困惑已久的问题。

每本书都给你一个庇护，让你安静下来。沉入阅读，你会看到旧时光的手，正以素笔涂抹着幽深岁月，古老而洁净，粗糙而纤细。一种沧桑而清明的味道荡开来，像水塘上宁静的清风，像空房子散进来的光。读书并不是一件容易的事。在阅读的过程中，你会被一种无形的东西牵引、诱惑，甚至被强迫，不自觉地从现实安定或麻木的意境中走出来，倾心投入一种温暖的旧日情怀；或者陷入一种汹涌激流，纠结于两个对峙的层面——现实世相与蝴蝶梦境。浮沉其间，时而陷入，沉湎于柔软的语言诗意；时而浮出，还原持重克制的现实人生。穿梭在这两层之间，你很难平衡自己，甚至处于一种被拉扯和被撕裂的状态，而一旦挣脱这个纠结的网，便可得到性灵的升华。

人是奇怪的动物，凡胎肉身各有不同，容貌秉性彼此迥异，灵魂更是各自生长。我们都来自不同空间，每个人与外物之间都有截然不同的呼应通道。只是人们往往会犯以己观人的错误，过分在意自己的角度或标准，并借以观照事物、品评他人，造成识人赏人的盲点。读托马斯的《沉思录》，很大一部分段落都这样写，“我从……身上看到”，他谦逊、真诚、包容，不厌其烦地使用这个固定句式，表述他从不同身份、不同关系、不同品质的人身上看到优点、弥补不足。实际上，看一个人，就是要看他有什么。倘若我们推己及人，敞开胸怀，尽可能地吸纳来自不同类人的生命信息，汲取其所持与所长，自我的生长空间就不会逼仄，灵魂就会慢慢成长。

当然，倘若你善交益友、乐交诤友、不交损友，这自然好，而实际生活中，便辟、善柔、便佞之人随时随处都有，即使你不与他交友，也无法躲开他，也没必要躲开。你要冷静下来，远距离看他，哪怕冷眼旁观，看得久了，自然会看出一些他存在的必要了。因为对你而言，他的存在是不可或缺的场，或者，他已然是你观照自我的一面镜子。很多时候，你反对的，恰恰有可能反过来成为滋养你的东西。某一天，当你学会低下头来，俯下身去，看看真实的别人，也听听别人眼中的自己，你才有真正成长的可能。

一个人的成长过程，就是与好的人、事、物不断相逢的过程。阅读，能给人带来幸福感，一种隐匿纸页的气息会贯通灵魂，那些诱人的风景在天边，也在心底。读书就是读一个真实生命的呼吸，深味薄薄纸张氤氲的浓香，体验平常生活中难得的愉悦和快乐，你的目光会因文字的浓香而清朗，而后去审视外物，反省自我，向着阳光的方向。

从纸页的世界走出来，一个人走在阳光下，影子纠缠着，与我一同呼吸。木心说："像对待书一样地对待人，像对待人一样地对待书。"我们能够做的，是与人为善、与书为友。

提高现代文阅读和写作成绩的金钥匙

曹洁作品
现代文阅读试题详解

倾听草木的呼吸

（1）烟花三月，没有下扬州，只有一路北上，抵达在北京的鲁迅文学院。

（2）京都的繁华很远，郊野也很远，但草木很近，万木勃发，花树在眼。人间草木有清香，容易被人忽略的是草木有呼吸。一个人，走遍院子的每一个角落，安静极了，听得见阳光落地的声音。沐浴在青蓝色的光里，某些不可名状的情绪被过滤、被洗净，身体与灵魂如泉水一样清透。

（3）这个院子，就是一个世界，这么小，也这么大。

（4）轻轻踏在大地上，一步一步，踏稳了走，放慢了走。每一棵草木都在春阳中舒缓呼吸。我看见神的目光，隐在树林、云端、风里，默然注视，寂静观照。他给予草木父亲一样的深爱。万物有灵，一岁一枯荣，枯者自枯，荣者自荣，一个看不见的自洁体系，四季轮回。我相信，那就是神的目光，无时不在，无处不在。在他观照的世界里，每一种生命都有尊严，平等相待，彼此养护。我时时搜寻他的目光，不用眼睛，用耳朵、用手、用心，倾听草木的呼吸与语言，触摸草木的光泽。

（5）小院花欲燃，“燃”的不只是梅的艳红，更是一种奔放热烈的开放姿态。梅种类很多，丰厚梅花、淡丰厚梅花、杏燕梅花、白蝴蝶梅花、垂枝梅花、腹瓣梅花等，以前从未见过。不言其他，单听名字就已是绝代天香。这梅的名字真是好，梅是贴近女子的花，以梅为名，是梅的幸，也是人的幸。花人两相映，自然才美，生物才活，人类才安生。

（6）悄悄靠近一棵玉兰树，看看她，也让她看看我。

（7）玉兰花大雅大俗的美，惊艳满树。这是一种古老的花，也是贴近生命气息的花，开时极盛，谢时决绝，有一种清绝的孤勇与优雅。屈子“朝饮木兰之坠露兮，夕餐秋菊之落英”将玉兰推向春秋，一个时代的干净与芜杂，被一朵兰尽数吸纳。

（8）玉兰的香是清香，清露芳尘，无药味；玉兰的花是柔软的，即使落地，踩上去也不是脆的。我捡拾几片花瓣，摊在手心，默然对视，想听懂她干干净净的语言。唐人言“晨夕目赏白玉兰，暮年老区乃春时”，若女性晨夕赏阅玉兰，嗅其芳香，可保人老心童。其实，这不是歌者妄言，若以本真之心感受，诗吟出来了，春也留住了。

（9）花树之外，是荷塘水畔的两株垂柳，嫩黄的颜色已泛出春暖的绿，像正在成长的少年，每一日都在变化，柳烟、柳色、嫩黄、嫩绿、黄绿，而今已是蓬蓬勃勃的葱绿了。她们在水边相依，在水里拥抱，穿树而过的风，是她们亲切的呢喃吗？

（10）花燃柳卧，一边花谢，一处柳绿，一水相依，两样风物，花儿的殷红与嫩柳的青色，水汽一样氤氲。还有荷塘和竹林，等到天再暖一些，等到夏天来了，荷花会开，竹子也会青葱。林清玄在《花燃柳卧》中说："如果说荷花是一首惊艳的诗，柳树就好像诗里最悠长的一个短句，给秋天做了很好的结论。"先生借花柳言说事理，一"燃"一"卧"，摹其各异风姿，突出彼此的默然衬托。无意褒扬谁，也无意贬斥谁。花柳为木，树生盎然，不伤花谢，不羡柳青，才能保持朴素真诚的生命风度。

（11）鸟儿也不甘寂寞，它们在看得见或看不见的地方鸣叫，叫出三月的小欢喜。我懊恼楼太高、树太低，伸长了耳朵，用眼睛聆听。每每被鸟鸣诱惑，离开书桌，雀跃下楼，生长在土地上的欢腾立刻把我包裹。

（12）夕阳泼洒进来，柔和宁静的光轻轻笼罩着院子的安宁，外物难侵。我在这世界里渐渐欢喜，散着长发，往深处而去，风不冷，只是远，远得吹不来暖，也带不走寒。这是自然常态，也是人间常态。这个春天，繁华落尽的背景上，我又看到生命的沧桑。这沧桑活着，活在树上，也活在树外，活在每一朵落蕊的香里。

（13）在微观的世界里，事物有自身的可逆性，但在宏观世界里，任何事物都没有可逆性。这是科学与现实的悖逆，在这个质量与能量守恒的社会里，人类唯一可以选择的能力，就是让自己成为一个道德主体，为自己选择的行为负责。我不是花，也不是树，行走在草木间，时常看见自己的灵魂干干净净。

（14）鲁院，这是一个相生共荣的院子，花树、鸟鸣、沉默的大师们，彼此相安。暮春之际，玉兰轻轻地为三月画了一个花朵的句号，又轻轻地带了一下，带出一抹一抹的绿，绿起人间四月天。三月如桃花一样，红灼灼的，缤纷惹人；四月则似青柳，绿葱葱的，教人如何不喜欢？这是小院的福气，也是我安居在小院的福气。仓促的红尘之外，我愿自己也是这里的草木和鸟鸣，生长在三月的土地上，每天发出一节一节向上的声音，哪怕一点点；同时，沉下心来，与别的生灵滋生互助，护好自己和他人的心，让生命安立，让世界安生。

（15）这是三月草木告诉我的。

（本文入选“广东省佛山市2015年中考语文试题”“四川省南充市2018年中考语文试题”）

1. 结合文章内容，说说“倾听草木的呼吸”这个标题的作用。

2. 从文中分别摘出体现“玉兰”和“树”高贵品质的词语。

3. 请简要赏析文章第5段画线句子的语言表达效果。

4. 说说文章第3段画线句子的含义。

参考答案：

1. ①运用拟人的修辞手法，表明对草木的关注和欣赏，产生对人生的思考和感悟；②交代文章的写作对象，点明写作内容；③暗示文章主旨，激发读者的阅读兴趣，引发读者思考。

2. 玉兰：孤勇，优雅。树：干净，坚守，温暖。

3. ①“燃”字运用比喻的手法，生动形象地写出了花瓣的舒展和花香的浓烈；②以动写静，突出白玉兰花开得奔放、落得决绝；③表达了作者对白玉兰花的喜爱和赞美之情。

4.“这么小”指的是院子本身的空间小；“这么大”既指这个小院丰富多彩的草木世界，又指草木世界包含着丰富的精神世界，给人丰富的人生启迪，暗示文章主旨。

衔泥带得落花归

（1）春天来了，日色渐暖，阳光明媚，母亲抱着小儿坐在椅子上晒太阳，眉梢眼底，溢满柔情；一个小女孩张开双臂，呼唤着低飞的燕子；一个小男孩蹲在地上玩儿，他一定是被姐姐的欢呼吸引，仰头而望。年年春天，燕子翩翩归，万物勃发生机，人与物，自然相合，其乐融融。

（2）这是丰子恺先生的画作《衔泥带得落花归》。

（3）白驹过隙，已过许多年。2016 年 6 月 25 日，辽宁省沈阳市 5300 余名考生，正坐在中考考场内，仔细端详着一幅漫画《衔泥带得落花归》，紧蹙眉头，想要描述，无从下笔。考试结果让人有些遗憾，大部分孩子没有把握好漫画题旨，有的从母亲的角度描写照看三个孩子的“辛苦”，有的从燕子衔泥入手解读“积累”的重要性，有的从“落花归”想到“落红不是无情物，化作春泥更护花”讴歌奉献，有的甚至大笔挥洒抒写新时代的英雄精神……热情奔放的少男少女们，思路开放，联想丰富，却并没有真正把握住画作的气脉——春。

（4）漫画的作者丰子恺先生，是一个心有春意的人。

（5）近年来，先生画作备受人们关注，包括入选各类考试题。这是好事，大好事，可是为什么孩子们读不懂画面内容呢？每年春来，燕子衔泥、做窝、孵化乳燕，本是再寻常不过的物候现象，可成长在信息时代的孩子们，有多少双眼睛中有过这样的风景，用心留意过季节的物事变化，以及与此相应的生长发育节律？或者，有几位家长真诚地引导和陪伴孩子投入真正的生活场景，去关注动植物的生长、发育和活动规律，以及非生物的变化对节候的反应？

（6）毋庸置疑，孩子们的生长空间已然缺失了富有生命体感的内容。植物随着气候的季节性变化而发生萌芽、抽枝、展叶、开花、结果、落叶、休眠等规律性变化的物候现象，以及各类动物的摄食、运动和繁殖等生命活动，已渐渐地从孩子们的生活内容中被抽走了。童年，乃至少年，他们主动或被动地远离自然，很少抬头看看鸟儿翩翩飞，也很少有闲心去田野观照万类生息，又怎么会体味燕子“衔泥带得落花归”之浓深春意？

（7）画作题款来自清代吕霜诗《无题》：

一年社日都忘了，忽见庭前燕子飞。

禽鸟也知勤作室，衔泥带得落花归。

（8）社日是祭祀社神的日子，这一天，人们隆重集会，祈求大地繁衍万物、六畜兴旺、五谷丰登。先民十分重视祭祀社神，祭祀活动已成为风俗，流传后代。春社是春天祭祀土地神的日子，是最为古老的汉族传统民俗节日之一。汉代以前，只有春社；汉之后，有春、秋二社，在春分、秋分前后举行。

（9）春社之日，燕子归来，寻觅旧时人家，衔泥筑巢，泥土中常混有花瓣、小草等。这些可观可感的物象，提醒着人们季节的变化。敏感的诗人感受到浓浓春意，脱口而出“禽鸟也知勤作室，衔泥带得落花归”的千古诗意。现如今，忙碌奔走的人们大多只顾急匆匆地往前赶，一年又一年，倏忽而过，茫然不知所往。倘若没有身体的冷暖感知，大概很少有人能够意识到生命的尊贵，尚不如梁间燕子，每年春来，成双成对，欢欢喜喜，衔泥筑巢，孕育春色。

（10）小时候，有一段日子我是在外婆家所在的小山村度过的。春天来临，万物复苏，山花烂漫。燕子成双，一趟又一趟地出入往返，像人一样辛勤劳作，经营家园。哪个孩子不期望自家屋檐下有燕子窝？人们甚至会说，谁家屋檐有燕子做窝，谁家就会有喜事来临。外婆是我童年的春天，她会反复吟唱那首最美的童谣：“小燕子，穿花衣，年年春天到这里。我问燕子你为啥来？燕子说，这里的春天最美丽。”一直以为这是外婆为我而歌，长大后才知晓，这是一首春天的歌，属于心有春意的人。

（11）外婆就是心有春意的人。一双小脚，我不知道她能走多远，但我相信她走进了天堂，长成了天堂里的一棵树。一个人的成长是从人的自然属性开始的，教育的本质是回归，回归天然，回归自然，与万类生物彼此感应，这样人才能成为自然人，生命才能焕发生机。倘若没有亲近大地、亲近自然，缺少“精、气、神”的哺育，身、心、灵的发育都不会健全，一个人便难以长大成熟。

（12）外婆不仅抚养我长大，更让我懂得生命的意义在于心有春意、春生万物。外婆走了，外婆的小屋从此成了我深藏春意的白塔。这么多年过去了，我一直走在这个干干净净的“春”字里，从未走失，哪怕两脚泥泞，也要带得落花归。

（13）俞平伯先生说，丰子恺先生的漫画“一片片的落英，都含蓄着人间的情味”。先生曾作此画赠予朋友，大概也是赠予他人一份春意，开启春天般的人生之旅吧。

1. 结合文章内容，分析标题“衔泥带得落花归”的作用。

2. 阅读文章第5、6段，分析“孩子们读不懂画面内容”的原因。

3. 赏析文章第11段中的画线句子，简说“心有春意”的丰富内涵。

参考答案：

1. ①引用诗句，诗意浓厚，给人美感；②激发读者的阅读兴趣；③贯穿全篇，行文线索；④暗示文章主旨。

2. ①孩子们在童年，乃至少年，主动或被动地远离自然，很少抬头看看鸟儿翩翩飞，也很少有闲心去田野观照万类生息，缺失了富有生命体感的内容；②家长、学校、社会有意无意地忽略了引导和陪伴孩子投入真正的生活场景，去关注动植物的生长、发育和活动规律，以及非生物的变化对节候的反应。

3. ①亲近自然，亲近大地，享受美好；②美在生活，也在自然，感悟自然，懂得欣赏春天；③人应该回归天然，这样才能有“精、气、神”，身、心、灵才能发育健全。

染绿的声音

（1）被一阵阵鸟鸣唤醒，晨曦透过白麻纸照进窑洞。人被嫩黄柔软的光色包裹着，仿佛一个梦还未做完。昼色空蒙，草木和鸟儿轻轻私语，我听到天地的唇语，或者耳语。在天籁中醒来，是一件多么清逸的事。这声音清脆、婉转，喧腾地呼唤着你，对季节的迟钝也被唤醒，舒展身体性灵，才真正觉得春天来了。

（2）轻嗅着绿色的声音，欣欣然，去看鸟儿。布谷、麻雀、燕子、喜鹊，以及叫不出名的小鸟，树林中、草丛里、屋檐下，飞旋、做窝、生子，一点儿也不拘束，一点儿也不掖着，一点儿也不害羞，一点儿也不怕生。鸟群栖息在树上，藏身棕褐色的枝丫间，只听得鸣叫，却无法捕捉到身影。待你靠近去看，它们却倏地飞走了，停歇在另一棵树上。鸟儿三五只不等，聚成一个群落，又一个群落，像是一家人，又一家人。它们欢欣、热闹、喧腾，叫融了冰雪，叫暖了冷风，叫活了树干，叫出了新芽。这些乖巧的精灵，是乡村世界里迷人的宝贝。

（3）树，是鸟儿日落夜息的依托，也是它们一声声叫出的春天。

（4）在乡村，唤你醒来的不只有鸟儿，还有富有乐感的辘轳声。一清早，每一眼水井旁都是热闹的地方。村民们趁早挑水，却并不着急，悠闲地走着、聚着、说着，你一言，我一语。他们不像住在鸽子窝里的城中人，不知对门邻居姓甚名谁，甚至老死不相往来。

（5）这样融洽和善的拉家常，往往会持续很长时间，你走了，他来了，井边人不断，辘轳声不断。辘轳一圈一圈地转，一轮一轮地响，伴着清凌凌的水声，被高远的天空吸纳了。聚上大半个早晨，大伙才散了，各回各家，扁担晃悠悠的，挑着寻常日子的欢喜和甜蜜。有时还会飘来一腔悠长的信天游，和着不紧不慢的步子，渐渐消失在土路尽头。

（6）独留我，站在空荡荡的井台旁，看着井底一波一波的清水发愣。

（7）难说生命意趣何为大小、何为尊卑，他们就这样宽厚包容、真实率性地活着，想说就说，想唱就唱，活出真性情。这不是没有理性？这本来就是天性，是生存冲动的质朴外显。滔滔的黄河水不干，他们的幸福就不枯，湿漉漉地挂在田间地头，挂在一摊枣林树梢。

（8）沉在井底的思绪，被“咩咩”的叫声唤起。

（9）这是一个山羊家族，主人很细心，一圈栅栏，高低适当，疏密有致；顶上搭起木棚，盖着防雨布；地上铺着松软黄土，打扫得干干净净。几只小羊羔，洁白如云，摸上去，皮毛柔软得像羽绒。我微笑着与它们对视，以指尖儿为脉，吸纳这洁白的祝福。它看着我，小巧的嘴巴轻轻含住我的手指，眼睛纯净，像初生的婴儿。爱默生说：“婴儿期是永生的救主，为了诱使堕落的人类重返天国，它不断地重新来到人类的怀抱。”古人以羊大为美，其实，羊不只美在硕大，也美在良善温顺的天性。

（10）栅栏边堆放着草料，多是被砸碎的植物茎秆，干巴巴的。没有青草的季节，母羊只能吃这干涩的柴草，滋养生命，哺育孩儿。小羊双膝齐跪，含着乳头，发出低低的嘟囔，眼睛望着母羊。母羊倾着身子，尽可能让乳儿吃得舒服。母子同乐，幸福得“咩咩”叫着。

（11）万类同性，我确定那是幸福的声音。小时读古文，读到“羊跪受乳”，不甚解意，今日亲见，方知晓其中深意。羊羔羔吃奶眼望着妈，“咩咩”之声，彼此应答，那是母亲在呼唤孩儿，也是乳儿在回应母亲。

（12）我站在栅栏外发呆，不忍打扰它们。

（13）终有另一种声音打扰到我，那是远近相闻的鸡犬声。村落很大，鸡犬相闻，此起彼伏，点透宁静。这里的狗温驯和善，做了老人和孩童的玩伴儿。这里的鸡不吃饲料，白天吃食，夜晚睡觉，不像圈养在厂棚里的鸡，不分日夜，被日光灯照着，不停地吃食，不停地长大，不分雌雄，不用孵卵，只作为一块肉，三个月即被宰割，供人果腹。

（14）黄河滩上，一片又一片枣树林是农人精心侍弄的孩子。春来之时，枣树应和着一声声鸡鸣，就要发芽了。丰子恺先生有幅漫画，题为《冬日的同乐》。素淡的画面上，一个老翁坐在门前，双手捅在棉衣袖里，一顶棉帽，几缕胡须，满脸慈善；孙儿依偎身旁，端着小盆，盛些粟粒；鸡妈妈招呼一群小鸡吃食，一只公鸡在近旁看护；一只猫蹲着，一只狗卧着。整幅画不着一字，阳光满溢，人畜同处，暖于冷冬。如今，大概唯有乡村尚能见到这温暖的人间世相，给村子添了些古味。

（15）乡村之夜，清风拂耳，草木微香，宁静得让人想哭。黑的夜，才是真正的夜，雏鸡睡了，虫鸣起了，偶尔有几声犬吠，划开透明的宁静。谁家小孩儿夜啼，一盏灯悄悄亮起，做了夜宽容明亮的眼睛。你能想象出每一盏灯下的亲切热闹，整个村子却和谐安宁。

（16）老家的老屋里，炉火正旺，一家人围坐在热炕头，炉膛里放满红薯。奶奶一边翻搅着，一边絮絮叨叨，复述着她当年初嫁之事。我把自己紧紧包裹在大花棉被子里，嗅着烤红薯的香，听奶奶讲那些遥远的故事。天地入眠，万籁有声，这淳朴的天然之声，被原汁原味的绿色染过，染绿了天，染绿了地，染绿了村庄的角角落落，也染绿了每一颗游子心。

1. 看不见的声音如何染绿？请阐释标题“染绿的声音”的好处。

2. 结合文章内容，说说第 3 段在全文中的作用。

3. 赏析文章第 7 段中画线语句中“挂”的语言表达效果。

4. 文章第 14 段描述丰子恺画作的文字细腻，对揭示主题有何作用？

参考答案：

1. ①生动别致，吸引读者阅读；②“染绿的声音”是本文的抒情线索，贯穿全文；③ 揭示文章的主旨。

2. ①结构：承上启下，概括上文，开启下文；②内容：突出鸟儿叫醒了春天，表达了作者对淳朴、鲜活的乡村生活的热爱之情。

3. “挂”字富有动感，也可触摸，化无形为有形，生动地描绘出村民的欢喜和幸福，表达出对乡村生活的向往和热爱之情。

4. 从眼前实景联想到丰子恺画作，丰富了文章内容，隐含文章主旨，印证了乡村生活独有的温暖和欢乐，引发读者对“幸福生活”的思考。

柳树是低着头长高的（节选）

（1）水畔的柳大肆渲染地绿了，丝绦万条，地上彼此相依，水里秘密牵挽。穿树而过的风听到了她们亲切的呢喃，害羞了，悄悄避开。坐在青柳的光影中，水是绿的，光是绿的，睁眼闭眼都是绿的，凡尘倦意，生命重负，轻飘飘地，被清明的绿洗透。

（2）柳树是谦逊低调的树，总是低着头，一副谦谦姿态，显露出女性才有的虔诚和自尊。唯其如此，她才能长向高处，从更高处垂下万条绿丝绦。在陕北的大地上，随处可见一株又一株青柳。她从不突兀地表现自己，只站在同伴身旁，与她们一起，低着头长高。

（3）初识柳，是在外婆的山村。一条小河缓缓流过，溪底铺些光滑的小石子，水边长着嫩嫩的水草。两岸长有很多垂柳，村子里整个春天都是绿葱葱的。这只是目光所及的蓬勃，更有清亮婉转的柳笛声响彻晨昏。似乎这柳笛也是母性的，笛声走过的地方，每一寸土地上都长出了她的孩子，活泼泼地从土里钻出来，绿油油的，站在阳光下，对着你笑。若是夜晚，清笛仿佛长了翅膀，穿越夜空，穿透一颗又一颗明亮的星子，划向浩渺天宇。

（4）这天籁的创作者是村庄里的小男孩。他们挑拣直溜溜、长节少的柳条，手指肚轻轻地扭，扭着扭着，嫩绿的柳皮就滑溜溜地蜕下来了，剪成两三寸长，自制成一管柳笛，美其名曰“柳哨”。他们轻轻含着，一边吹笛，一边玩儿，走到哪里，哨音就响到哪里；哨音响到哪里，小女孩就忙不迭地跟到哪里，她们央求着，撒着娇耍，得到了，却吹不响，嘴巴鼓鼓的，柳哨一点儿也不听话。

（5）外婆把我从沮丧中拉回来，一手顺着我的头发，一手指着满树柔柳，微笑着说："你看，柳树是低着头长高的。燕子再长高些，就会吹柳哨儿了。"外婆是我童年的生命阳光，她帮我把对外界事物过分关注的目光收回来，回到内在。十二岁的时候，外婆走了，她的坟头，青草长了枯，枯了长，从未歇息，就像外婆劳作的一生。也许她就这样永生了。多少年来，我时时怀念那个小山村，一颗童心曾被葳蕤成青草的模样。

（6）之后岁月，年年春来，年年柳青，却再没有清亮的哨音了。

（7）"柳树是低着头长高的"，这是外婆给我的朴素箴言。她似乎永远微笑着，恬静从容，慈祥的脸上泛着柔和的光泽，仿佛这个世界上所有的事都不会让她慌乱。她平静地爱着每一个人，平静地做着每一件事，从不多说一句话，却让人感觉到一种无法抗拒的严慈。她给了我足够的阳光和空气，让我明白生命的意义在于顺应自然，在于生生不息，在于低着头逐步认识这个世界。

（8）音乐人浮克说："有时简直情愿像一棵树那样活着，不喊不叫，所有的情绪也只是叶子动一下。四季从身边正常经过，风来了，身子摇两下，风去了，就静静地沉默。"我不是树，却愿意像树一样站在大地上，在有限的生命维度蓬勃生长。之前总想成为一棵向阳的树，某时才惊觉，或许自己只是一棵临水的柳树，倒垂着，把影子投射在水里，亲人、知交、朋友都是滋养我成长的水分。

……

（9）这个春天，花儿的殷红与嫩柳的青色，水烟一样弥漫，坐在氤氲的云气上，仿佛自己也花红柳绿了。生命如蝉，薄如蝉翼，不由你不呵护。我在风中默立，辞别薄如蝉翼的过往，望向薄如蝉翼的未来。

（10）当夜暗下来的时候，世界变成一间房子，静谧清寂。我在这屋子里端坐，细数渐次明亮的星子。外婆说，地上有多少人，天上就有多少颗星星；地上少了一个人，天上的星星就会落一颗；地上的人像天上的星星一样，没有谁扶着托着，也能好好地挂着。

1．请从修辞角度鉴赏文章第2段。

2．用文中的句子回答柳树是什么样的树，并简要阐述。

3．请以“外婆说……”句式开头，写一段不少于50字的人生感悟。

参考答案：

1．①拟柳为人，将柳人格化，拉近了自然与人的关系；②以柳树“谦谦姿态”“从不突兀”等特征，表达一个人应该拥有谦逊低调的成长姿态和生命精神。

2．①“柳树是谦逊低调的树，总是低着头，一副谦谦姿态”，作者认为柳是低调的树，枝条下垂，像默默成长的人；②“柳树是低着头长高的”，在外婆心中，柳树低着头长高，深扎根，不突兀，阐明人也要像柳树一样低着头长高的道理。

3．本题训练表达能力，要切合实际，说出感悟。

母亲芝兰（节选）

（1）芝兰，是母亲的名字。

（2）喜欢母亲的名字，芝兰之香自有一味清雅意境。古人说："不知其子视其父，不知其人视其友，不知其君观其所使，不知其地视其草木。故曰与善人居，如入芝兰之室，久而不闻其香，即与之化矣。"后来，人们以成语"芝兰之室"比喻良好的家庭环境。此生有幸，我有名为"芝兰"的母亲，有芝兰母亲为我们经营的芝兰之室。母亲是我们家芳香盈室的芝兰，她以温柔慈爱滋养着儿女的芝兰之品；父亲则以宽厚沉稳呵护一室芝兰之脉，芝兰之梦，蓬勃而绵长。

（3）母亲出生在一个和睦的大家族，外祖父兄弟六个，各有所好，尤其在音乐方面各有所长。每到农闲，一家人聚在一起，吹拉弹唱，其乐融融。母亲是外婆的小女儿，外婆很疼她。母亲十七岁时，外爷就走了。外爷中等个子，齐耳短发，性情温和，擅长乐器，尤以二胡为上。母亲年少时，小腿酸胀，每天晚上，她都是在外爷的轻轻揉捏中惬意入睡。说起这些细节，母亲眼里蒙上一层水雾。我没见过外爷，总觉得母亲像外婆，白皙端庄，温良和善，浅浅微笑。

（4）母亲十岁左右才入学，开始学习"羊""大""马"等基础汉字，但这并没有阻碍她日后的求学路途，也没有遏制她倾心读书的兴趣。母亲聪慧，若当年上学方便一些，她定能有所成就，我相信母亲的优秀。记忆中，母亲读书的样子很真切，她工作、家务兼顾，看书时间却没有消减，做家务的间隙、晚间的油灯下，手里常有书。

（5）多年前，我疯玩回家，一闯进门，就看见母亲正低着头看书。她一抬头，我就看见她额前蓬松柔顺的黑发。我便知道，母亲刚刚洗过头发，润过脸面。她白净光润，坐在窗前，捧着书读，蓝印花布上衣衬在光影中，格外好看。我便不放过这机会，赖在母亲身边，摸摸她湿润的头发和脸面。母亲和外婆一样，肌肤白皙温润，很细腻。那时，外婆帮母亲照看三个孩子，夜晚，我和外婆躺在一起，总会抚摸她的面颊，柔软得像水一样，我便在这柔软里闭眼睡去……

（6）人的生命成长是一个长期而持续的累积过程，你会吸纳四面八方的信息，而来自家庭的熏陶和培育异常重要。母亲是我学会读书的启蒙老师，也是影响我文学创作的第一位导师。很小的时候，我就在母亲的引导下读完了家里的全部藏书，不认识的字先跳过，然后询问母亲。

（7）母亲读书很多，给我印象最深的是《红楼梦》《三国演义》《聊斋志异》，以及“三言二拍”。我经常央求她给我讲，她也乐意讲，大观园里的才情女儿、聊斋中的善良狐仙、“三言二拍”的奇闻逸事，我最初都是从母亲那里听来的。

（8）母亲写的字娟秀舒朗，柔中带刚，铅笔、钢笔、毛笔，她都用。可惜，我只收藏起母亲用过的一方铜墨盒，小而圆，母亲写过的字却没有保留。不知道那个时候我的生命空间中都装满了什么，母亲的信件竟然一封也没留存下来。

……

（9）母亲是一个富有生活情味的女人，用心经营点点滴滴生活情趣，即使是粗茶淡饭，她也做得好看、好吃。每一餐饭，她都会将各种调味小品装入小碟，摆放在饭盘里，端到我们面前。冬日放学回家，母亲早已利用灶膛里的余热在铁锅里烤好了黄米馍馍，我和弟弟妹妹一人一个，一起吃，一起笑，一起写作业。

（10）现在回想起来，那种满足不只是解馋，而是一份说不出的滋味和情趣。这些生活细节浪费不了多少时间和金钱，却创设了意外的喜悦，温暖了姐弟亲情，培育了我们平凡朴素而怡然自得的人生雅趣。母亲不只创造了我们的生命，也赋予我们性灵和品质，培养我们美善的人格精神，我们就在这美善的世界里成长并成熟。

……

（11）这个心念柔软的早晨，白雪洗尘，万木润泽，积蓄了整个冬天的雪，轻盈飘飞。这是母性的意境，柔软而温暖，没有晴天霹雳，不是大雨滂沱，温和细腻，滋润大地。沉睡的土地下，草木、庄稼、虫豸等着生发。十多年来，走过一场又一场雪，总能看到母亲离开后的那场冬雪，我便知晓，永远也走不出母亲那如雪的温暖和清明。

（12）我的芝兰母亲，原来，你一直在我身旁，从未走远。

1. 文章第 2 段强调“喜欢母亲的名字”，请分析其缘由。

2. 阅读文章第 11 段，简要阐释画线句子包含的深情。

3. 简要分析作者笔下的母亲形象，请概括你的母亲的品质。

参考答案：

1. ①芝兰清香淡雅，芬芳盈室；②“芝兰之室”培育子女成为品德高洁之人；③赞扬母亲温柔善良、勤俭持家、富有生活智慧。

2. ①表达了对母亲的深情怀念；②母亲用一生的爱滋养和教育“我”成长为温暖善良的人；③长大后“我”就成了你，“我”永远也走不出母亲那如雪的温暖和清明。

3. 作者笔下的母亲形象：①纯洁善良、勤勉持家、自尊恬淡、刚强坚韧；②是一个富有生活情味的女人，是普天之下慈母的共同形象。

我的母亲：善良慈祥、勤劳坚强、宽容大度，为我们撑起了幸福的天空。

母亲的女红（节选）

（1）母亲不是手艺人，却自带几分手艺。

（2）某时想，不是母亲喜欢手艺，是琐碎的日常生计把母亲磨成了一个手艺人。作为家居女人，从做妻子的那一天起，但凡与生活有关的细节，她都必须从头做起。在这个艰难的过程中，除了外婆和几个邻里妇女，没有谁能真正帮到她。很多时候，从谋生方式到精神蜕变，她是独自一个人，熬在一件件物品的成型中，逐渐完成着一个女人的成熟和嬗变。

（3）当年，母亲很年轻，新婚不久。她纤细白嫩的手指，既能握着毛笔、钢笔和粉笔写字，也能走下讲台，与许多陕北女人一样，纺线、织布、做鞋、缝制衣物、拆洗被褥。一件一件，她尽心尽力去做，做得细心，做得娴熟，做得精致。她一定是幸福地做好了当母亲的准备。两三年后，我出生；一年后，妹妹出生；四年后，弟弟出生。家贫，事多，除了外婆和父亲，母亲没有好帮手，她一天天地瘦下去。

（4）我保存着母亲年轻时的两张相片：一张是她上中学时与同学的合影，眼神活泼，略带羞怯；一张是她结婚前的单人相片，半身，对襟棉衣，青绿色，目光纯净，素朴恬静。另外，我还有一张相片，是母亲和我们姐弟仨的合影，母亲坐在椅子上，怀抱三岁的弟弟，我和妹妹站在左右两侧。母亲留短发，瘦得颧骨隆起，与之前那两张照片上的温润模样判若两人。

（5）一个女人年轻饱满的生命，一点一点被亲生的孩子侵吞，一天一天被困窘的生活侵吞。

……

（6）母亲白天忙，大多是夜晚才能闲下来，安顿孩子们睡下，才开始做针线活儿。若是冬天，母亲要两头儿忙，一会儿在屋里喂三个孩子，一会儿跑到碱畔上喂猪和鸡。她系着围裙，端着饭碗，屋里屋外跑好几趟，常常是一碗冷饭吞咽下肚。

（7）母亲把锅碗洗涮干净，天全黑了，她才在煤油灯下开始搓麻绳或纳鞋底。母亲什么时候睡下，我们并不知道。那个时候的冬天好冷啊，窑洞破旧，门窗透风，地上的水缸结了一层冰。每天凌晨，我蜷缩在并不暖和的被窝里，听见母亲穿衣时手掌和棉布摩擦的沙沙声，便醒了。我闭着眼睛想，母亲的手是不是很疼，却从未开口问过。小时候太过拘谨，或者说还不懂世事，居然在母亲面前害羞，从不敢向母亲示意一丝关爱，更不敢说出口。

（8）多年之后，那轻轻的摩挲之声犹然在耳，我却再也没有机会问一声：妈妈，疼吗？

（9）母亲的手渐渐粗糙了，她的三个孩儿却因为有个巧手妈妈而衣裤整洁。即使粗布衣裳，即使打着补丁，也是样式好看，颜色搭配和谐。在我十岁左右的时候，父亲买了一台敦煌牌缝纫机，宝贝一样带回家。我们像看见天外之物一样围在缝纫机旁，看母亲学着操作。母亲很快熟悉了缝纫技术，买了几尺花布，为我们缝制衣裳。我和妹妹年龄上只相差一岁，从小就穿着一模一样的衣服，相跟着走过每一个季节。直到上了初中，我俩还经常被人误认为是双胞胎。

（10）几十年过去了，那台缝纫机依然好好的，母亲换过的皮带还没有磨断，她却不再用它缝制衣物。我坐在母亲坐过的凳子上，把缝纫机当作书桌，一个又一个汉字，横平竖直，从笔端走出来，就像当年母亲缝在衣物上的针脚，端端正正。

……

（11）母亲是一个好女人，她是许许多多家居妇女中的一个，既有知识分子知性清雅的风度，又有劳动妇女勤劳吃苦的本分。母亲不是手艺人，却把一生活成了手艺人的模样。母亲已经离去十六年，她当年缝制的被褥、枕头、鞋子、门帘、窗帘、坐垫……种种物件，都还在，都还好。就生命意义而言，母亲手熟的那些家居女红，是她真正活着的精神命脉。不管她走了多久，走了多远，我们依然能够从她遗留的物件中，获取母亲的生命能量。

（12）母亲，如此，你便永生了。

1. 阅读文章第 2 段和第 6 段，体会下列加点词的表达效果。

（1）不是母亲喜欢手艺，是琐碎的日常生计把母亲磨成了一个手艺人。

（2）若是冬天，母亲要两头忙，一会儿在屋里喂三个孩子，一会儿跑到碱畔上喂猪和鸡。她系着围裙，端着饭碗，屋里屋外跑好几趟，常常是一碗冷饭吞咽下肚。

2. 文章第 4 段中作者描写了三张照片，这样写有什么作用？

3. 请简要概括本文主旨。

参考答案：

1.（1）“磨”，动词，本指用磨料磨物体使其光滑、细腻，文中说母亲被琐碎生活磨成了手艺人，“磨”字形象地写出了母亲的吃苦耐劳、任劳任怨，以及甘愿为孩子付出。

（2）作者用“喂”“跑”“系”“端”等一系列动词，写出了母亲的勤劳吃苦和利索能干，她先喂孩子，再喂猪，最后才自己吃碗冷饭。“吞咽”一词传神地写出母亲吃饭速度很快，突出母亲任劳任怨的形象。

2. 第一张和第二张是未婚前的母亲，眼神活泼，目光纯净，素朴恬静；第三张是母亲和我们姐弟仨的合影，瘦得颧骨隆起，与之前的温润模样判若两人。作者用对比手法写出母亲结婚前和生育抚养孩子后的鲜明区别，突出母亲一心为孩子艰辛付出和岁月对她的侵吞，体现出母爱的伟大，表现了作者对母亲的思念之情。

3. 文章通过回忆母亲纺线、织布、做鞋、缝制衣物、拆洗被褥等生活细节，塑造了一位心灵手巧、勤劳善良、任劳任怨、善于持家的女性形象，表达了作者对母亲的怀念和赞美。

父亲的手艺（节选）

（1）朝阳绚烂，我和妹妹坐在村庄河岸，仰望着一堵一人多高的石墙。

（2）这是二十年前父亲垒砌的石墙，有的石头已风蚀，依然以群体的力量支撑着菜园，土地上生长着玉米、辣椒、豆角和萝卜。我们看着那些绿葱葱的蔬菜，笑了。父亲耗费的心血终究没白费，他若在天有知，也会欣然而笑。

（3）那年夏天，一场洪水过后，河床上一下子冒出很多石头。我和妹妹都做了妈妈，有了自己的小孩，依然遵照父亲之命，从水边抱起一块块石头，放在父亲脚边。好几个下午时光，我们都泡在河水中。我们悄悄抱怨着父亲的执拗，却不能劝说，也不敢怠慢，一趟一趟，搬运石块。我们的眼睛在河道里搜索，挑拣着平整的石头，大一些的石头我俩抱不动，便抬着走。

（4）我们爱着石头，也恨着石头。

（5）那天傍晚，夕阳西下，一堵高墙端端正正地站了起来。父亲背着手，看着这堵新崭崭的石墙，很满意自己的手艺。他一定设想过，多长出来的这几畦蔬菜，足够一家人暑假聚在一起食用了。

……

（6）院子西头，靠墙做饭的炉灶也是父亲砌的，用的多是小卵石，一小块一小块的，垒砌得很是好看。似乎石头越小，父亲越好拿捏。他就像一个工程师，虽然没有画图，但策划、构图、施工，一步一步，心中有数。父亲砌了一辈子石墙，真是一把好手，哪块石头放哪个地方最合适，他不假思索就做到最妥帖。现在想来，我是在跟随父亲砌墙的时候真正懂得了“妥帖”这个词。原来，万般事物，结合相容，最难得“妥帖”二字。即使像石头这样硬气的物件，只要安放妥帖，一堵墙便能长久站立。

……

（7）垒墙是父亲的拿手本事，也是父亲得意的手艺。年少时，我们不止一次帮着父亲垒墙，一趟一趟，把散落到远远近近的石块抱到父亲跟前。我总觉得，在父亲眼里，那些石头是有生命的。它们生于自然，吸纳天地灵气，最终在父亲的手中获得重生，石头与石头紧密相连，组成一个个新家庭的新成员。

（8）父亲亲手垒砌的石墙有很多，家中院子、学校围墙、路畔和菜园子。我印象最深的是，父亲每次调往一所学校，都要背一把锤子，动员师生利用课余时间搬石头垒院墙。三十多年，他走过十多所学校，每一所学校都留着他垒砌的院墙。只可惜，随着农村居住人口锐减，孩子们都被父母带去城里上学，很多农村学校早已废弃不用。

……

（9）老屋有三孔石窑，院子里砌了灶台和圆桌，打了水井，辟出菜园，挖了炭窑。炭窑是东墙上挖出来的洞，父亲说就像打土窑。那个暑假，父亲先刨出一个洞口，再用小镢头挖、刮、打磨，我们给父亲打下手，把刨出来的土运到碱畔上去。一层一层黄土剥落下来，土窑一圈一圈变大，窑壁光滑起来。做了好几天，终于成功了，父亲一身黄土，尘埃满面，站在洞口笑。我们把炭、柴、筐等杂物递进去，父亲一一摆放整齐。母亲取出早已做好的一个布帘，挂在洞口，一下子就像里面住了人。

（10）父亲说："这样好，比黑乎乎的好看。"

（11）父亲的声音犹然在耳，转身却再也不见他的笑容。走过一处又一处，哪里都是记忆，哪里都有伤感。稍一恍惚，便看见父亲就在眼前，头上冒着汗珠，正将一块块各具形态的石头一一摆放，石头和石头，各就其位。我愿意相信，父母安置在天堂的院子，也是父亲亲手垒砌的石墙。母亲站在身旁，将一块块石头递到他手中。那些石头也是他们生在天堂的儿女，他们像对待我们一样，将孩子们一一妥帖安放。

1. 品味下列句子中加点词语，分析其表达效果。

（1）万般事物，结合相容，最难得"妥帖"二字。即使像石头这样硬气的物件，只要安放妥帖，一堵墙便能长久站立。

（2）父亲先刨出一个洞口，再用小镢头挖、刮、打磨，我们给父亲打下手，把刨出来的土运到碱畔上去。

2. 谈谈文章第4段"我们爱着石头，也恨着石头"的深刻含义。

3. 结合选文，简述"父亲"是一个怎样的人。

参考答案：

1.（1）"妥帖"有"妥善""妥当""稳妥"等意思，作者用"妥帖"形容父亲用石头砌的墙的"稳当"，同时也告诉读者：物之相存、人之相与、事之相合，最难得"妥帖"，万物相合，彼此相容，方为大道。

（2）"刨""挖""刮""打磨"这一系列动词，生动形象地描写出挖土窑时计划成熟、动作娴熟，塑造出勤劳智慧、做事稳重的父亲形象。

2.“爱着石头”，是因为爱着父亲，愿意帮助父亲完成心愿，愿意发现好石头，抱给父亲。“恨着石头”，是因为不想让父亲辛苦劳作，没有石头，父亲就不用砌墙了；同时，也饱含着父亲离开后的隐痛，看到父亲生前砌成的石墙，思念之情更加浓烈。

3. ①勤劳善良：垒砌石墙、炉灶、挖土窑，都很“妥帖”。②智慧担当：工作上兢兢业业、恪尽职守，亲手垒砌学校围墙；做家务时，勤劳吃苦，种菜、浇水、锄地、清扫院子、打理蔬菜等。③爱家、爱孩子：在河岸边砌墙、种菜，希望多长出的菜能满足家人暑假相聚所需，体现了深沉的父爱。

家有女人为安（节选）

（1）安，家有女人为安，女人是一个家庭记忆中最温暖柔软的部分。

（2）从造字法看，家，甲骨文会意字，上面是“宀”，表示与房室有关；下面是“豕”，即猪。家，意为屋里养着一头胖胖的猪。猪是温顺、繁殖力旺盛的动物，对古人来说，圈养生猪能够提供食物，给人安全感，因此，养猪成为人类定居生活的实物性标志。

……

（3）在农村生活的孩子，记忆中大多有母亲喂猪的印象。我们的父母以从师为业，但他们从未脱离真正的生活，工作之余，他们辛勤劳作，经营家园。母亲是善于养猪的，小猪被她从集市上或别的人家买回来，黑油油的，两只耳朵翘起来，似乎是孩童最好的活物玩伴。母亲喂猪的心思和小孩子的玩心不一样，她要管小猪的一日两餐，喂它长大长肥，然后卖钱，接济日用。猪的吃食不好，泔水、剩饭、杂菜，拌一点儿粗糠，加水煮熟，倒在石槽里，它一头扎进去，吃饱了才抬头。夏天有苦菜、菜叶等辅料，那就是比较好的猪食了。

（4）母亲总是先安顿好我们的饭食，再端着碗站在猪槽前，一边吃饭，一边张罗小猪吃食，直到它吃饱为止。母亲喂它吃、顺它毛、和它说话，就像待孩子一样。经母亲喂养的小猪，吃得饱，长得快，惹得邻居三嫂子眼馋。有一年，母亲养的猪长大了，不忍杀食，要出卖了，买主想尽办法也没能把猪带走，只得央求母亲把猪送过去。当时已是黄昏，母亲怕天黑赶不回来，就带着我一起去了。晚归的时候，北风清冽，月光明朗，母亲牵着我走在土路上，我们的影子一高一矮，一会儿交错，一会儿分开。月亮也跟着我们走，十里远的土路，我们没觉得冷，也没有害怕。

（5）那是我走过的最幸福的夜路。

（6）可惜，走着走着，母亲不见了，我把她“弄丢”了。

（7）母亲喂猪的情景存在脑海里，像一个特写，永远抹不去。多是傍晚时分，夕阳快落了，母亲站在橘黄色的斜晖里。我从门内望出去，看见她的侧影，短发齐耳、柔顺。光线一点点暗下去、暗下去，把母亲罩起来，很好看。若是冬日风冷，母亲穿着棉衣，系着围裙，湿着手，进进出出好几趟，手冻裂了也顾不得。我盼着小猪赶快吃完，母亲好回家。等到晚上，所有家务都忙完了，母亲才涂上凡士林，就着煤油灯盏，一边烤手，一边往手上呵气。我躺在灯影里，仰头看着母亲，看着看着，就睡着了。

……

（8）母亲生在平凡人家，是平凡人家疼爱的女儿，自从她出嫁，为人妇，做了母亲，便成熟为一个女人，完成了生命的蜕变。我在母亲身上看到的不只是她平凡的品质，更多的是女性的伟大。女人，永远是这个世界上拥有恒久力量的群体，看似弱小，实则潜藏着巨大而持久的毅力、耐力和创造力。平和的日子里，女人并不凸显什么，一旦陷入困境、遭遇灾难，最先扛不住的往往是男人。女人则顾不上抹眼泪，或者根本就没有眼泪，她们紧咬牙关撑着，甚至担起男人颓然卸肩的责任，将母性的能量和光热全部释放出来。

（9）甲骨文中，“女”字像一个敛手跪坐的人形，唯有女人，才会如此虔诚地跪坐在大地之上，敛手、端庄、安详。这是女人的天性，是女性的仁慈，也是母性的博爱。古人造字就是造人间至理，屋下有猪便是“家”，家有女人便是“安”。这“安”是“安详”，“详”是“细密”“审慎”“完备”之意。家有“安详”，就像一间有光的屋子里住着一个温柔的女子，她心思细密，清楚你要什么，而后审慎怎么给予你完备周全的爱意。不管你是她的爱人，还是她的孩子。

（10）女人，永远是这个世界上最温暖的字眼。她是母亲、是爱人、是大地，是陪伴你成长的风。她接纳你、塑造你、雕琢你，包容你一次又一次的任性和放纵，自始至终守护着你。家有女人为安，一个家庭、一个家族，就如一只诺亚方舟，载着一个个洁净的孩子，在风浪里前行，抵达平安的彼岸。

1. 文章第2段和第9段中解释了家、女、安等汉字。试着写出两个与生活息息相关的汉字，并解释其含义。

2. 阅读文章第4段和第5段，回答问题。

（1）为什么买主想尽办法也没能把猪带走？

（2）联系上下文，谈谈你对第5段划线句子的理解。

3. 结合全文，谈谈第6段在文中的作用。

参考答案：

1. ①男，上为“田”，下为“力”，意思是在田地里出力劳作的人；②妇，甲骨文中，左边是“女”，右边是“帚”，“女”持古文形体“帚”，表示洒扫。

2.（1）母亲喂它吃、顺它毛、和它说话，就像待孩子一样，日积月累，猪与主人产生了依赖关系。

（2）归来的路是母亲养猪过程的完满结束，是劳有所得的喜悦；母子相伴的幸福，暖了身心，夜路也成了幸福的路。

3. ①结构：过渡作用，承上启下；②内容：把读者从回忆中拉回现实；③主旨：引导读者体味“家有女人为安”的主题。

草上烟火生（节选）

（1）一条不甚宽敞的深沟，低洼坡上，野草长得满满的，遮住了地皮。这是我见过的长得最密的草，不高，不过一尺。有的开花，黄、白、粉、蓝，争奇斗艳；有的不开花，绿油油的，挤挤挨挨，像草的经纬，密成了网，织成了毯，扯也扯不开。打碗碗、沙牛牛、山丹丹、花狗狗、牵牛花、苦菜花、野韭花、沙打旺、猫眼睛、蒲公英，以及叫不出名字的花草，一株一株，仔细分辨，有的亲切可爱，有的恍然不识。

（2）我转身去问父亲，父亲却不见了。

（3）这是一个梦。我已很久没有见过父亲，没有见过这么好的草了。实际上，我从未见过长得这么好的草。陕北高原上野草种类多，但干旱少雨，四月春盛之时才能看见草长，有的地方还是草色遥看近却无。直到大夏天，野草才疯长，但枝叶稍粗的草茎大多被砍了，晒干，当柴火烧。

……

（4）为了生计，砍柴也成了父亲的拿手本领。他不仅费力砍好柴、背回家，还要分类存放，以备需要。他先把有韧性的草扭结成草绳，再把柴火按照穰的、硬的分开捆好，整整齐齐，排开晾晒，便于挑选。穰柴枝蔓轻软，不禁烧，用来煮高粱饭、烩面片等；硬柴枝干粗壮，耐烧，一般用在需要好火头的时候，如端午节煮粽子、过年炸糕、熬骨头等。当然，多数时候两种柴火一起烧：穰柴生火易燃，硬柴用来维持火势。父亲烧火时，炉膛里柴少火旺，而我们烧火时，则总是柴多火不旺。他便教我们：把放入炉膛的柴火适当架空，气流能在柴草间流动，火才容易烧旺。

（5）那年暑假，我们姐弟仨跟着母亲从外婆家回来，一进院门，就看见父亲坐在新砍的柴草堆中，脸晒得通红，满头汗，满脸笑。柴草长高了，有二三尺长，黄蒿、艾草、花狗、白杨草、黄杨草居多，父亲正分类打理。不记得那时几岁，多少年过